STIGMATA

STIGMATA

Pádraig Standún

Cló Iar-Chonnachta
Indreabhán
Conamara.

An Chéad Chló 1994

An Dara Chló 1995

© Cló Iar-Chonnachta 1994

ISBN 1 874700 08 7

Dearadh Clúdaigh
Pádraig Reaney

Dearadh
Foireann C.I.C.

Faigheann Cló Iar-Chonnachta Teo., cabhair airgid ón
gComhairle Ealaíon

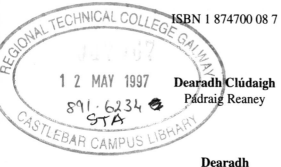

Clóchur: Cló Iar-Chonnachta, Indreabhán, Conamara.
    Fón: 091-93307
Priontáil: Clódóirí Lurgan Teo., Indreabhán, Conamara.
    Fón: 091-93251/93157

Leabhair eile leis an údar céanna:

Súil le Breith, Cló Chonamara, 1983
A.D. 2016, Cló Chonamara, 1988
Cíocras, Cló Iar-Chonnachta, 1991
Lovers, Poolbeg, 1991
An tAinmhí, Cló Iar-Chonnachta, 1992
Celibates, Poolbeg, 1993
The Anvy, Cló Iar-Chonnachta, 1993
Cion Mná, Cló Iar-Chonnachta, 1993
Na hAntraipeologicals, Cló Iar-Chonnachta, 1993

Nach uafásach an áit í seo? Níor bhreathnaigh sí ródhona ón mbóthar.' Bhí aiféala ar Áine Uí Chofaigh cheana gur ghlac sí féin agus a cara, Mairéad, leis an gcúram cuairt a thabhairt ar shean-Bhidín Shaile Taim. Bhí sí ag sciorradh is ag sleamhnú ar thalamh anróiteach portaigh, teachín Bhidín cúpla céad slat uathu i gcónaí.

'Cén chaoi a gcónaíonn aon neach in áit mar seo?'

'Ó, cac . . . Táim go béal na mbróg sa bpuiteach.' Sheas Mairéad ar leathchois agus í ag breathnú ar an mbróg ard leathair ar an gcos eile: 'Tá mo bhróga millte. Cén bhrí ach gurb iad an péire is fearr atá agam! 'Bhfuil *tissue* agat?'

'Cén mhaith iad a ghlanadh anois? Nach mbeidh siad chomh salach céanna ar an mbealach ar ais?' Sheas Áine soicind agus í ag breathnú timpeall uirthi féin. Bhí sé ar cheann de na laethanta ba dheise a bhí ann ón samhradh roimhe sin, an spéir glan, dath éadrom gorm ar na cnoic i

7

bhfad uaithi ag bun na spéire. Bhí corca an fhraoigh is ór an aitinn fhómhair ar bharr an phortaigh.

Ba dheas an lá é a bheith amuigh, ach rud difriúil a bheith le déanamh aici, a cheap sí. Ansin bhreathnaigh sí ar bhothán Bhidín.

'Grá dia atá ann ar aon chaoi,' a dúirt sí, níos mó le misneach a thabhairt di féin ná dá cara.

' 'Bhfuil a fhios agat ach gur measa é seo ná an Tríú Domhan a mbíonn siad ag caint air,' a dúirt Mairéad.

'Deir siad gur sa mbaile a ghintear grá dia.' Gháir Áine go neirbhíseach. 'Faraor gur muide a chaitheanns é a ghiniúint.'

'Ní fhéadfadh sí a bheith chomh dona sin,' a d'fhreagair Mairéad. 'Céard 'tá inti ach duine, bean; ar ár nós féin?'

'Ar ár nós féin?' Bhreathnaigh Áine ar an mbothán a bhí rompu, ceithre bhalla de chineál sciobóil ceann tuí a tógadh i dtosach le sleáin, pící, barraí rotha agus fearais eile a d'úsáidfí ar an bportach a stóráil.

'Meas tú an bhfuil sí istigh?' Ba léir óna guth go raibh amhras ar Mhairéad freisin.

'Deir siad nach n-éiríonn sí go tráthnóna.' Bhí go leor cloiste ag Áine sa mbeár a bhí aici féin agus a fear faoi Bhidín, cé nach bhfaca sí ariamh í.

'Ná cuir olc uirthi ar chaoi ar bith.' Bhíodar ag siúl i dtreo an bhotháin arís. 'Tá sé ráite go bhfuil sí ar nós an ainmhí.'

'Bí réidh le rith, más gá.'

'Ní bheidh mé in ann rith agus na diabhail seo de bhróga orm,' arsa Mairéad go gruama.

'Fág i do dhiaidh iad más mar sin é, ach cuimhnigh nach in aois na hóige atá sise. Ní bheidh sí in ann rith ach an oiread.'

Stop siad arís nuair a bhíodar gar don bhothán suarach, an seandoras ag titim as a chéile, an díon ceann tuí i mbaol a sceite.

'Tá cró níos fearr ná seo ag na beithígh s'againne,' a dúirt Mairéad. Rinne sí casacht bheag. 'A Bhidín!' ar sí.

'A Bhidín,' arsa Áine, beagáinín níos airde.

Ar éigean a d'oscail Bidín a doras le breathnú amach. 'Céard tá uaibh?' a d'fhiafraigh sí de ghuth garbh. 'Cé sibh féin?'

Sheas na mná eile gualainn ar ghualainn le tacú lena chéile. 'Áine atá ormsa, agus seo í Mairéad; Áine Bean Uí Chofaigh, agus Mairéad an tSeoighigh. Táimid anseo thar ceann Choiste na mBéilí Reatha, coiste a chuireann béilí ar fáil saor in aisce do sheanphinsinéirí, *meals on wheels*, mar a deir daoine.'

'Cé leis sibh?' D'oscail Bidín an doras beagáinín eile.

'Is le Mary Mharcais mise,' arsa Mairéad.

'Tuige nár dhúirt tú é sin? Cén t-ainm atá arís ort?'

'Mairéad.'

'Maggie Mhary Mharcais.' Dúirt Bidín na focla mar a bheadh sí ag caitheamh smugairle. Tháinig sí níos gaire dóibh, cosnochta, rud a bhí cosúil le mála le haghaidh guail nó fataí mar ghúna uirthi, a héadan chomh salach beagnach lena cosa. Chúlaigh na mná eile siar uaithi.

'Maggie a thug siad orm sa mbaile sular phós mé.'

'Agus tá tú róghalánta len é sin a thabhairt ort féin anois?'

'Ní hin é, ach . . .' Ní raibh deis ag Mairéad a freagra a chríochnú, mar d'iompaigh Bidín ar Áine: 'Agus tusa. Cé thú féin?'

'Neainín Chóil Phait,' a d'fhreagair sí go sciobtha, le nach ndéanfadh sí botún den sórt a rinne Mairéad. 'Pósta le Jeaic Chofaigh.' Ba leo an teach ósta, na pumpanna peitril, cóiste na marbh. Shíl sí go raibh cáil sách mór ar an sloinne sin le gabháil i bhfeidhm ar an tseanbhean seo, nó aon neach eile a rugadh is a tógadh sa gceantar.

'Arb in é mac an tsean-Chofaigh?' a

d'fhiafraigh Bidín di.

"Sé, mac le John, John an ósta mar is fearr aithne air.'

Shíl Áine gurb é an rud ab fhearr ar fad ag an bpointe sin ná coinneáil ag caint. Is beag nár bhain freagra Bhidín an mothú aisti: 'Mac an diabhail, má bhí diabhal ariamh ann.'

'Níl sé chomh dona sin,' arsa Áine, ag iarraidh meangadh gáire a dhéanamh le Bidín nach raibh ach cúpla troigh uathu faoin am seo. Chuir an chaoi ina raibh a gruaig bhán in aimhréidh pictiúr d'Einstein i gcuimhne do Mhairéad. Thriail sí ceist:

'An mbíonn tú uaigneach . . .?' Ach níor thug Bidín aird ar bith uirthi. Is le ceist eile a d'fhreagair sí: 'Céard a thug anseo sibh? Céard é sin a dúirt tú arís?'

'D'fhéadfaimis do dhinnéar a thabhairt anseo duit chuile lá,' a dúirt Mairéad. 'Ní bheadh aon chall duit a bheith ag réiteach do dhinnéir féin.'

'Nach beag atá le déanamh agaibh?'

'Tá neart le déanamh againn.' Ní raibh Áine ag dul a ligean le caint mar sin ó dhuine ar bith. Bhí sí ag obair seasta sa siopa, agus ag tabhairt aire dá clann. 'An iomarca atá le déanamh againn, ach táimid toilteanach é seo a dhéanamh chomh maith.' Bhreathnaigh sí ar Bhidín agus ar a bothán: 'Grá dia atá ann.'

'Grá dia,' arsa Bidín, le gáire beag searbhasach. 'Nílimse ag iarraidh grá dia an Chofaigh ná grá dia ar bith eile. Nílimse ag iarraidh tada ó aon duine.'

'Níor cheart go mbeadh aon neach ag maireachtáil mar seo sa lá atá inniu ann,' arsa Áine le Mairéad. 'B'fhearr an *County Home* an lá is measa a bhí sé, ná an scioból seo.'

Ní fhéadfadh sí áit níos measa ná an *Home* céanna a lua le Bidín nó le duine ar bith eile ar comhaois léi.

'Ba mhaith liom go n-imeodh sibh anois,' arsa Bidín go ciúin, í ag breathnú síos ar a cosa.

Rinne Mairéad iarracht eile ar í a mhealladh;

'Ní chosnaíonn an dinnéar pingin ar bith orainne. Ní chosnódh sé tada ortsa ach an oiread.'

'Nílim ag iarraidh . . .'

'Ach táimidne, agus tá an pobal uilig ag iarraidh cabhrú leat.' Ní túisce na focla as béal Áine nó gur thosaigh sí ag rith. Rith sí mar gur chrom Bidín síos le daba créafóige a ardú agus a chaitheamh leo. Bhain Mairéad a bróga di agus rith sise freisin chomh sciobtha is a bhí sí in ann.

Bhí Bidín ag béiceach ina ndiaidh: 'I dtigh diabhail libh! Marbhfháisc oraibh, a chuntanna bradacha. Faraor nach bhfuil gadhar agam leis an ruaig a chur oraibh. Mallacht Dé . . .'

Bhí Jeaic, fear Áine, ag magadh fúthu nuair a

shroich na mná an *Range Rover* faoi dheifir, gearranáil orthu. Ní túisce suite sa gcarr iad gur dhúirt sé: 'Nach ndúirt mé libh é.'

'D'airigh mé go raibh sí go dona,' arsa Áine, ag breathnú uirthi féin i scáthán an chairr, 'ach níor cheap mé gur ar nós gadhair a bhí sí.'

'Thriail muid é ar aon chaoi.' Chaith Mairéad a gruaig fhada siar óna baithis. 'Rud nach ndéanfadh aon duine eile den choiste.'

'Tá mo bhróga millte, mo chuid *tights* stróicthe ag aiteann agus driseacha.' Bhreathnaigh Áine síos ar a cosa. 'Shíl mé go mbeimis maraithe aici. Bheadh freisin, dá dtitfeadh duine againn. Ní fhaca mé a leithéid d'ainmhí fiáin ariamh.'

'An bhean bhocht,' arsa Jeaic agus é ag tairiscint toitín an duine dóibh. Ghlac Mairéad le toitín, cé nár chaith sí go hiondúil. Dúirt Áine nach raibh dóthain anála fós inti.

'B'fhearr a leithéid sin a fhágáil mar atá sí,' arsa Jeaic. 'Sa bpuiteach. Nach ndúirt mé é sin libh fada ó inniu?' Bhí athrú poirt air nuair a bhuail cloch barr an jíp a raibh sé chomh bródúil sin aisti. 'An bhitse.'

Thóg sé cúpla soicind air an t-inneall a dhúiseacht. Bhain a iarrachtaí agus a chuid eascainní gáire as na mná. Ach ansin bhuail cloch eile an fhuinneog taobh thiar, ag fágáil spota bán le línte amach uaidh, ach gan í a bhriseadh. D'éirigh le Jeaic an t-inneall a dhúiseacht, agus is beag nár caitheadh a bhean i gcoinne na fuinneoige tosaigh nuair a d'fhág sé an áit faoi dheifir, 'Íosa Críost' ar bharr a theanga aige.

'An bhean bhocht.' Chaoch Áine súil ar Mhairéad, a bhí sa suíochán taobh thiar. 'An veain bhocht.' Ní raibh Jeaic ag gáire fúthu a thuilleadh.

'Sin í an uair dheireanach a thabharfas mise sibh ar *wild goose chase* mar seo,' ar sé, a bhróg chun an urláir fós, cé go raibh siad imithe míle ó Bhidín. 'Fágfar an bhitse sin mar atá sí feasta . . . fad is a bhaineann sé liomsa ar chaoi ar bith.'

'Nach Críostaí í chomh maith leis an gcéad duine eile?' arsa a bhean, sásta ina hintinn anois go raibh siad imithe slán sábháilte ó bhagairtí Bhidín. Bhí iarracht charthanachta déanta aici féin agus Mairéad nach ndéanfadh aon duine eile ar choiste na seirbhísí sóisialta, in ainneoin na cainte go léir.

'Críostaí,' arsa Jeaic, trína fhiacla. 'Tabhair Críostaí uirthi. Má tá a leithéid de rud agus págánach ar an saol níos mó. . .'

'Nuair a chuimhníonn tú air,' arsa Mairéad, 'nach bhfuil sí i dteideal an sórt saoil atá uaithi a chaitheamh, más é sin atá uaithi.'

'Chomh sona le muc ina cac féin,' a d'fhreagair Áine. 'Ní cheapaim go bhfuil duine ar bith ceaptha

saol mar sin a chaitheamh. Bheadh compord aici sa
Home.'

'Dheamhan *Home* a choinneodh í,' arsa Jeaic.
'Bhrisfeadh sí chuile riail a bheadh acu. B'fhearr í
a fhágáil mar atá sí, áit nach bhfuil sí ag déanamh
dochair ach di féin. San áit úd eile ba cheart í a
chur, i dteach na ngealt.'

'Muna ndéanfadh an tAthair Beartla aon mhaith
léi.' Ag smaoineamh os ard a bhí Mairéad.

'Ní sagart a theastódh uaithi sin, ach Garda.
Lena cur soir.' Ní raibh aon dabht in intinn Jeaic.
'Tá sé ceart go leor cead a chinn a thabhairt do
dhuine, ach nuair a ionsaíonn sí daoine eile . . .'

'Ar airigh tú an chaint a bhí aici?' arsa Áine.

'Tá súil agam nach bhfíorófar a cuid eascainí
agus mallachtaí,' arsa Mairéad, 'nó beimid réidh
uilig.'

Tar éis cúpla nóiméad chuir sí ceist ar Jeaic:
'Cén aois a bheadh ag Bidín, an bhfuil a fhios
agat?'

'Sách sean le ciall a bheith aici,' a d'fhreagair
Jeaic. 'Ní call d'aon neach a bheith mar sin sa lá
atá inniu ann.'

'Ach caithfidh fáth eicínt a bheith ann í a bheith
mar atá.' Bhí a huillinn leagtha ar chúl an
tsuíocháin tosaigh ag Mairéad ionas go mbeadh sí
in ann breith ar an gcomhrá os cionn thorann an innill.

'Díbríodh as an áit fada an lá ó shin í,' arsa Jeaic.

'Tuige?' a d'fhiafraigh a bhean.

'An seanscéal céanna . . . mar go raibh sí ag iompar.'

'Agus an raibh an páiste aici?' Bhí Mairéad ar bís leis an scéal a chloisteáil. Phós sise isteach san áit. Cé nár tógadh í ach ar an taobh eile den chuan ní raibh an t-eolas aici a bheadh ag an bpobal áitiúil.

Ní raibh a fhios ag Jeaic.

'Deir daoine go raibh sé marbh ag teacht ar an saol de bharr na drochíde a thug a máthair di nuair a fuair sí amach go raibh Bidín ag súil. Deir daoine eile gur thug sí uaithi le haghaidh *adoption* é agus í i Londain. Cá bhfios dúinn nach ceann de na *h*abortions sin a bhí aici? Níl a fhios ag duine ar bith ach aici féin, is dóigh.'

'An bhean bhocht,' arsa Mairéad, le barr trua. 'Nach mór an t-ionadh gur tháinig sí ar ais chun na háite seo tar éis an mhéid sin.'

'Nach é seo is baile di tar éis an tsaoil.'

'*Some* baile, Jeaic.' Bhí pictiúr den bhothán fós ina cuimhne ag Áine.

'B'fhéidir nach raibh aon áit eile aici,' a dúirt a fear. 'Tá an seanscióból sin ar thalamh a thóg a muintir ón gcoimín. Nuair a cailleadh a hathair

16

agus a máthair thit an díon isteach ar an seanteach a bhíodh acu. Ní raibh fágtha aici ach an cró sin le maireachtáil ann nuair a tháinig sí ar ais.'

'Tá daoine ag tabhairt airgid le haghaidh chuile chúis ar domhan,' a dúirt Áine, 'agus a leithéid sin inár measc féin.'

'Nach bhfuil lucht dóil agus pinsin ag dul chuici chuile lá,' a d'fhreagair Jeaic, 'ach ní ghlacfaidh sí pingin ó aon neach. Níl neart ag duine ar bith ar an gcaoi a bhfuil sí, ach í féin. Nár thug sibhse seans inniu di, agus cén buíochas a bhí oraibh?'

'Tiocfaidh sí idir mé agus codladh na hoíche, go dtí go mbeidh sí amuigh as an áit sin,' arsa Áine.

'Mura dtagann ach an méid sin idir thú agus do chodladh, beidh tú ceart.' Rinne Jeaic iarracht greann a tharraingt isteach sa scéal nuair a bhí siad ag tarraingt isteach ar shráid an bhaile.

'An gcuimhníonn seanleaid ar rud ar bith ach é?'

'Ar céard?' Chaoch sé a shúil ar Mhairéad sa scáthán.

'Tá a fhios agat go maith,' arsa Áine go leamh.

'Nach raibh an t-ádh ar an seanleaid céanna stumpa breá mar thú a fháil?'

D'iompaigh sé siar chuig Mairéad nuair a stop sé an jíp. 'Céard a chonaic sí ionam ar chor ar bith?'

'An t-airgead,' a cheap Mairéad ina hintinn. 'Nach tú an fear a raibh chuile bhean ina dhiaidh,' ar sí os ard.

'Agus an raibh tusa tú féin i mo dhiaidh? Nach fada a thóg sé ort é a rá liom.'

'Táim sásta go maith leis an bhfear atá agam.' Shuigh Mairéad siar agus d'iompaigh sí i dtreo an dorais. Ghoill caint mar sin uirthi. Ní raibh aon pháiste acu, agus bhí cosúlacht ar an scéal le tamall anuas go raibh suim caillte ag Máirtín, a fear, inti. Sa teach ósta a chaith sé chuile oíche go dtí am dúnta. B'fhearr léi leannán a bheith aige, nó bean a bheith aigesean ná an staid ina raibh siad.

Bhí a gluaisteán féin fágtha ag Mairéad taobh amuigh den teach ósta, agus cé gur iarr Áine agus Jeaic isteach í le haghaidh tae, shuigh sí isteach sa charr, ag déanamh leithscéil go raibh obair bhaile le ceartú aici.

Bhí an bheirt ba shine ag Jeaic agus Áine, Jaqui agus Warren, tar éis aire a thabhairt don siopa agus don teach ósta a fhad a bhíodar imithe, chomh maith le súil a choinneáil ar Samantha, a bhí deich mbliana d'aois. Ní raibh uathu anois ach a 'bpá,' airgead póca a fháil, as an tráthnóna oibre.

'Agus cén chaoi a bhfuil Daideo?' a d'fhiafraigh Áine, ar fhaitíos go raibh dearmad déanta acu ar a seanathair, John Cofaigh, a bhí ag coinneáil na leapa sa seomra os cionn na cistine le tamall anuas. Bhí an fear ba mhó le rá sa phobal tráth, fear gaimbín den seandéanamh, i ndeireadh na feide. Ach cé nach raibh fágtha ann ach craiceann agus cnámha de dheasca na hailse, ní raibh sé sásta géilleadh don bhás.

'Chodail sé an chuid is mó den tráthnóna,' arsa Samantha, ag iarraidh a hairgead póca féin a chinntiú. 'Sheiceáil mise go minic air.'

'Níor bhreathnaigh tú air ach uair amháin,' arsa Warren léi. 'Chaith sí an tráthnóna ag breathnú ar *video*.'

'Bréagadóir.' Níor theastaigh troid óna máthair:

'Isteach libh anois leis an obair bhaile a dhéanamh, agus níl mé ag iarraidh gíog a chloisteáil uaibh go mbeidh sí déanta agaibh,' a d'ordaigh Áine nuair a bhí an t-airgead póca roinnte orthu. 'Beidh tae deas againn ar ball.' Bhíodar casaoideach, ag iarraidh an tae a bheith acu i dtosach, breathnú ar an gclár teilifíse ab ansa leo; rud ar bith ach staidéar a dhéanamh.

'Cuir an clár sin ar téip,' arsa Áine, 'agus is féidir libh breathnú air ag deireadh na hoíche.'

'An gcaithfimid, a Mham?'

'Caithfidh, a Jaqui, tusa go háirithe, atá ag tarraingt ar do Theastas Sinsearach. Ní raibh an t-oideachas riamh ina ualach ar dhuine ar bith.'

In ainneoin ar dhúirt sí faoin oideachas, ba bheag úsáid a bhain sí as a céim féin, a cheap Áine, agus na gasúir i mbun staidéir. Bhí sí féin agus Mairéad sa mbliain chéanna san ollscoil, agus bhíodar ina gcairde ariamh ó shin.

'Cairde,' ar sí léi féin, ag cuimhneamh ar aon rud mór amháin nár inis sí ariamh do Mhairéad. 'Nó do Jeaic ach oiread,' a dúirt Áine ina hintinn. Ní raibh a fhios ag ceachtar acu gurb é fear Mhairéad, Máirtín, athair Jaqui.

Deireadh seachtaine amháin a chaith sí féin agus Máirtín le chéile, deireadh seachtaine a raibh cluiche ceannais na hÉireann ar siúl. Bhí Gaillimh ag imirt ann den chéad uair le fada. Fuair Máirtín ticéid mar gur imir sé leis an bhfoireann áitiúil. Mar gur céim onórach a bhí ar bun ag Mairéad, bhí a scrúduithe céime á ndéanamh aici i Meán Fómhair. Ise a d'iarr ar Áine dul chuig an gcluiche le Máirtín. Bhí sí geallta le Jeaic ag an am, ach ní raibh seisean ábalta ná sásta an t-ósta a fhágáil ag an deireadh seachtaine.

Ní raibh aon tsúil ag Áine, nó ag Máirtín, a cheap sí, go mbeadh aon ní eile rompu ach an cluiche. Nuair a shroich siad Baile Átha Cliath chaith siad an oíche Aoine ag ól. Bhí sé i bhfad san oíche sular thosaíodar ag cuartú lóistín. D'éirigh leo ar deireadh seomra beag brocach a fháil gar do Pháirc an Fhionnuisce.

Dúirt Máirtín go gcodlódh sé féin ar an urlár, ach chríochnaigh siad ar deireadh agus Áine faoi na héadaí leapa, agus eisean ar an taobh eile díobh. Níor chuimhneach léi ariamh cén chaoi go díreach ar tharla sé, ach dhúisigh siad am eicínt i lár na hoíche agus thosaigh siad ag pógadh a chéile. Níorbh fhada go raibh Máirtín sáite inti, gan cuimhne ar bith acu ar chosaint nó ar pháiste.

Bhí na seachtóidí mar sin, a cheap sí, na seachtóidí san ollscoil go háirid. Ní raibh caint fós ar SEIF ná ar chontúirtí an *phill*. Rinne tú é má thaitin leaid leat, ach ar ndóigh ní dhéanfá le buachaill do charad é. Sin é is mó a ghoill ar Áine, a mídhílseacht do Mhairéad. Ach ní air sin a bhí sí ag cuimhneamh agus adharc ar nós tairbh ar Mháirtín an oíche sin fadó.

Bhí an *pill* tugtha suas aici ó d'fhág sí an ollscoil. Bhí faitíos uirthi go bhfaigheadh a máthair ina seomra é le linn an tsamhraidh. Ar aon chaoi bhí sí geallta le Jeaic faoin am sin, Jeaic nár chreid i gcollaíocht roimh phósadh agus a cheap go raibh sise ar aon intinn leis. Ba dhuine den seansaol é i ndáiríre.

Is ar éigean a d'fhág Máirtín agus Mairéad an leaba go dtí go raibh sé in am dul chuig an gcluiche

Dé Domhnaigh. Ní hé go raibh oiread sin suime aicise sa gcluiche, ach ní raibh Máirtín lena thicéad a chur amú. Chaith sí an tráthnóna i Seastán Uí Ógáin ag cuimhneamh siar ar an bpléisiúr agus ar an bpaisean a bhí acu le cúpla lá, an sliotar ag dul ó thaobh go taobh na páirce beagnach i ngan fhios di.

Ní raibh sé i gceist ariamh nach bpósfadh Máirtín agus Mairéad, nó go leanfadh an caidreamh idir í féin agus Máirtín. *Fling* fiáin a bhí ann, agus tabhair fiáin air, a cheap sí, é ar nós staile sa leaba. Ní raibh oiread sásaimh den sórt sin ariamh ina saol aici. An raibh sé mar sin le Mairéad? Chuir sí an smaoineamh as a cloigeann.

Ach bhí sí dílis do Jeaic ó phós siad. Nárbh é an t-amadán freisin é, a cheap sí. Dheamhan iontais a rinne sé dhe nuair a bhí páiste ocht bpunt meáchain aici seacht mí tar éis a bpósta, cé nár chodail siad le chéile go dtí go raibh siad ar mhí na meala. Cé nach raibh sé ach aon bhliain déag níos sine ná í, bhí an chosúlacht air i gcónaí go raibh sé seanaimseartha ariamh.

Ach athair maith a bhí ann do na páistí, agus fear maith di féin chomh maith. Bhí sé in ann an rud a bhí uaithi a thabhairt di, saol compordach. Ní raibh sí ag iarraidh scoil a mhúineadh ná úsáid mar sin a bhaint as a céim. Thaitin an saol a bhí aici léi; neart airgid, spraoi leis na fir trasna an chuntair san

ósta, gluaisteán dá cuid féin, saoire aici féin agus
Jeaic i gceann de na tíortha teo uair nó dhó in
aghaidh na bliana, freastal ar choistí a
thabharfadh cúnamh don té nach raibh chomh maith
as is a bhí siad féin.

Shíl Áine uaireanta nach raibh sí i ngrá le Jeaic
ariamh. Níorbh é paisean a saoil é, d'fhéadfá a rá,
ach bhíodar mór le chéile. Bhí seisean lách,
cineálta, tuisceanach, sásta ina chuid oibre, go deas
réidh leis na gasúir agus leis na custaiméirí chomh
maith.

'Nach aoibhinn Dia dom,' ar sí léi féin, í suite i
gcathaoir bhog ar aghaidh na tine amach, suipéar
curtha san oigheann aici dá fear agus do na gasúir.
Chuir sí é sin i gcomparáid leis an saol a bhí ag
Bidín Shaile Taim amuigh ar an bportach. 'An
bhean bhocht,' a smaoinigh sí.

Bhí sé cloiste go minic aici sa phub go mbíodh
fir ar cuairt ar Bhidín san oíche. Bhí sé deacair é a
chreidiúint, bean chomh brocach salach léi. Má bhí
sí ag déanamh airgid as, níor chaith sí in aon siopa
é. Ní fhaca Áine duine ar bith ariamh chomh bocht
léi. 'Ní chuirfinn milleán ar bith uirthi,' a cheap sí
ina hintinn féin, 'dá mbeadh an méidín sin sásaimh
aici.'

*   *   *   *

23

'Ar airigh tú faoi Bhidín Shaile Taim?' Is ar éigean a bhí Taimín Taim Dharach suite ar an stól ard ag an gcuntar i dTigh Chofaigh go raibh sé ag fiafraí de chách an raibh nuacht mhór an lae cloiste acu.

'Níor airíos.' Bhí sé cloiste ag Tadhg Ó Cearnaigh le huair an chloig anuas, ach theastaigh uaidh a fháil amach an raibh mórán d'eireaball curtha leis an scéal ó shin. 'Céard a tharla do Bhidín bhocht?'

'Nár chuir sí na mná uaisle ón doras. Dhíbir sí lucht na mbéilí, agus dúirt sí leo cén áit lena ndinnéarachaí a chur.' Chuir sé a eireaball féin ar an scéal. 'San áit ar chuir an moncaí an *nut*.' Rinne sé gáire beag sásúil. Fear beag néata a bhí ann a chaith culaith fhoirmeálta agus caipín speice i gcónaí san ósta: 'Cosnóidh sé na céadta punt ar Jeaic Chofaigh caoi a chur ar an *Range Rover*.'

'Nach iontach an *bhird* í Bidín,' arsa Tadhg, a bhí i bhfad níos óige, péire *jeans* agus geansaí mór daite air. 'Féar foicin plé di.'

'Sách maith acu, ach ná habair ró-ard é.' Rinne Taimín nod i dtreo dhoras na cistine. 'Bhí Neainín, bean Jeaic anseo ar dhuine acu, agus Maggie Mhary Mharcais. Iad féin agus a ngrá dia. Is fada ó ghrá dia a tógadh iad.'

'Níl ann ach galamaisíocht. Shílfeá gur seó

faisin a bhíonn ar siúl acu agus iad ag dul thart leis na béilí sin. *Meals on wheels*, mar dhea. *Meals on high heels*. Is cuma lena leithéidí sin faoi Bhidín Shaile Taim nó faoi aon Bhidín eile. Ar mhaithe leo féin atá siad á dhéanamh, lena gcoinsias féin a shásamh. Dhéanfaidís tinn thú.' Shlog Tadhg a phórtar, tart cainte air.

'Bíodh acu.' Ní raibh Taimín le ligean d'aon rud cur isteach ar a dheoch laethúil. 'Anois, a Thaidhg, dá dtosnóidís ag dul thart le deochanna saor in aisce, bheadh cuma eicínt orthu, agus fáilte níos mó rompu.'

'Is fíor dhuit, a Taimín.' Tar éis tamaill bhris Tadhg an ciúnas a tharla nuair a bhí dóthain bainte acu as scéal Bhidín: ''Bhfuil siad bainte fós agat, na fataí?'

'Dheamhan fata a chuir mé le cúig bliana, nó ar bhain mé ach an oiread. Idir mise agus tusa, nuair a fhaigheann duine an leabhar, tá sé chomh maith duit a rá go bhfuil deireadh lena chuid fataí.'

'Níl tusa in aois an phinsin fós, a Taimín.' Bhí a fhios ag Tadhg go raibh an comhrá céanna acu go minic cheana, ach chaithfeadh sé an tráthnóna a bheith ag cur is ag cúiteamh mar sin. Bhain Taimín de a chaipín speice, agus chuimil lámh dá chloigeann maol.

'Cén aois mé a déarfá, a Thaidhg Chearnach, nó

Cearnógach, nó cibé cén sloinne atá ort?'

Sheas Tadhg siar uaidh le breathnú air i gceart:

'Murach gur dhúirt tú go bhfuil an leabhar agat, ní chuirfinn thar an leathchéad thú,' a d'fhreagair sé. 'Ach b'fhéidir go bhfuair tú roimh am é. Pinsean IRA, cuirfidh mé geall, nó pinsean stampaí.'

'Dhá bhliain déag le cois na trí scór atá mé.' Chroith Taimín a chloigeann agus chuir a chaipín ar ais ar a chloigeann. 'An gcreidfeá é, a Thaidhg?'

'Agus murab é an lá atá inniu ann lá do bhreithe?'

'Cá bhfios duitse é sin, a Thaidhg?' Bhí Taimín fíorshásta leis féin. 'Caithfidh sé gur fear feasa thú chomh maith le gach rud eile.'

'Is cuimhneach liom thú a bheith anseo anuraidh lá a raibh Poncán ag tomhas cén aois thú, agus tharla gurb é do *bhirthday* é an lá sin freisin.'

'Bail ó Dhia ar na *Yankanna* céanna.' Bhreathnaigh Taimín ar a ghloine a bhí folmhaithe aige. 'Tá daoine ann a deir go bhfuil siad gortach, ach ón méid atá feicthe agamsa díobh, togha na ndaoine atá iontu. Ní fhágfaidís scornach thirim ar dhuine. D'fhliuchfaidís do bhéal.'

Bhuail Tadhg an cuntar agus ghlaoigh sé ar fhear an tí: 'A Jeaic, gabh i leith.' Agus Jeaic ag teacht isteach an doras, d'iarr Tadhg air: 'Líon pionta don fhear groí seo, pionta dá lá bhreithe.'

'Nach mbíonn breithlá ag Taimín chuile lá.' Bhí an cleas céanna feicthe go minic ag fear an ósta.

'Is fánach an áit a bhfaighfeá deoch,' arsa Taimín ag gáire.

'Níor chaill tú na seanfhocla ariamh.'

'Cén chaoi a gcaillfinn, a Jeaic? Bhíodar fairsing sa nGaeltacht ariamh.'

'Gaeltacht,' a dúirt Tadhg. 'Céard 'tá inti anois ach Breac-Ghaeltacht. Ar nós an bhairín bhreac a bhíonns ann faoi Shamhain, ach nach mbíonn fáinne ar bith sa m*brack* seo.'

'Nach bhfuilimid chomh maith céanna gan aon fháinne?' Bhreathnaigh Taimín ar mhéara a láimhe clé. 'Is mar a chéile, feictear domsa, fáinne a bheith ag fear ar a lámh agus an ceann a bhíonn ag tarbh ar a shrón.'

'Fáinne nó gan aon fháinne,' arsa Tadhg. 'Faigheann an tarbh go mion agus go minic an rud nach bhfaigheann muide. Nach cuma leis cá bhfuil a fháinne a fhad is nach ina bhod atá sé.'

'Tadhg.' Bhagair Jeaic lena mhéar. 'Tá a fhios agat chomh maith liomsa nach bhfuil caint mar sin ceadaithe sa teach seo.'

'Dearmad, Jeaic, dearmad. Gabh mo leithscéal.' Bhuail sé Taimín sna heasnacha lena uillinn.

'Tá súil agam nár ghlac tú scannal rómhór, a

mhac, ó mo chuid chainte.'

'Ag magadh atá tú anois.' Leag Jeaic na piontaí ar an gcuntar.

'Níl mórán thart,' a dúirt Tadhg agus é ag íoc as na deochanna.

'Níl aon airgead sa tír. Agus tá sí bánaithe ag an imirce.' Chuir Jeaic an béal bocht air féin. 'Tá tithe ósta ag dúnadh chuile áit.'

'Ní fhaca mé fear *pub* a bhí bocht ariamh.' Ní raibh Taimín le ligean leis.

'Ní bheidh mé bocht a fhad is atá tusa anseo chuile oíche, a Taimín. Is tú an chustaiméir is fearr atá agam.'

'Cuirfidh mé geall leat nach mé. Is mó a ólann Máirtín Bheartla Taim lá ar bith ná mé. Caint ar an diabhal . . .' Labhair sé leis an bhfear mór a bhí ag teacht isteach an doras, buataisí salacha fós air agus é ag teacht ón ngort. 'Cén chaoi a bhfuil Máirtín? Anois díreach a bhí mé ag caint ort.'

'Tá súil agam nach é an drochrud a bhí á rá agat.'

'Dheamhan dochair sa méid a bhí le rá agamsa. Is fear lách thú, a Mháirtín, ar nós muid féin.'

'Is fearr deoch ná plámás lá ar bith.' Arsa Tadhg ansin le Jeaic, 'líon pionta do Mháirtín, ó tharla ann é.'

'Nár fada go ndéana tú arís é.'

Lig Tadhg air nár thuig sé Máirtín.

'Go ndéanfaidh mé céard?'

'Go seasfaidh tú.'

'Cén mhaith seasamh, muna bhfuil bean ag duine?'

'Coinnigh glan é,' arsa Jeaic.

'Coinním chomh glan is a fhéadaim,' an freagra glic a thug Tadhg.

'Tá an diabhal ort, a Thaidhg,' arsa Máirtín, ag breith ar a ghloine, 'ach go raibh maith agat as an deoch. Féar plé dhuit.'

'Fáilte romhat . . .'

Lig sé do Mháirtín a chéad bholgam a thógáil óna phionta sular chuir sé an cheist: 'Céard é seo a chloisim, a Mháirtín, faoi do bhean, agus bean Jeaic a bheith curtha ó dhoras ag Bidín Shaile Taim?'

'Níor airigh mé tada faoi. Táim ar an mbóthar ó mhaidin, agus ní raibh mé sa mbaile fós inniu.'

'Chuala mé féin scéal mar sin ag dul thart,' arsa Taimín, 'ach ar ndóigh, ní thugaim suntas ar bith do ráflaí mar sin.'

'D'airigh mise gur chaith sí cacanna bó leo, agus maidir le heascaine . . . an fíor sin, a Jeaic?' a d'fhiafraigh Tadhg d'fhear an bheáir.

'Ná creid chuile rud a deirtear leat.'

'Ní bhíonn deatach ann gan tine ina dhiaidh sin.'

'Bíonn neart deataigh ó do phíopasa, a Taimín,' arsa Jeaic ar an bpointe, 'agus gan mórán le dó ann.'

'Bheadh níos mó le dó ann murach an praghas atá siopadóirí ag baint amach ar an tobac.'

'Is gearr go mbeidh tú ag iarraidh an tobac saor in aisce,' arsa Jeaic, le searbhas, 'chomh maith leis an taisteal agus an *'leictric.'*

Rinne Tadhg iarracht greann a thabhairt isteach sa scéal: 'Nach mbeadh tusa i dteideal ceann de na béilí saor in aisce sin, a Taimín, ós rud é gur pinsinéir thú.'

'Tá mo dhóthain de dhinnéar agam sa stuif seo.' D'ardaigh sé a phionta pórtair. 'Tá ithe agus ól ann.' D'fhág sé an cuntar agus chuaigh sé anonn le suí in aice leis an tine. Chas Máirtín timpeall ar a stól ard, agus dúirt sé ina dhiaidh:

'Dá bpósfá, bheadh do bhéile réitithe duit.'

'Bheadh níos mó ná béile le fáil saor in aisce aige,' arsa Tadhg.

'Tá sé deireanach agamsa a bheith ag caint ar phósadh.' Shín Taimín a chosa i dtreo na tine. 'Is gearr go mbeidh mo chosa nite.'

'Nach ndéanfá féin agus Bidín Shaile Taim an-*mhatch* go deo?' Bhí Tadhg ag baint as arís.

'*Match* nach lasfadh, déarfainn.' Chaith Taimín smugairle isteach sa tine.

Lean Tadhg air: 'D'airigh mise go raibh tú thiar ag Bidín go minic, agus gur iomaí bleid a bhuail tú uirthi, agus níos mó ná bleid.'

Chroch Taimín leathchois suas ar aghaidh na tine: 'Bheadh sí sin chomh tirim, a Thaidhg, le bun mo bhróige.'

'Idir mhagadh is dáiríre. . .' Bhreathnaigh Máirtín ar an scéal ó thaobh an fheilméara de. 'Bhí áit bhreá ag muintir Shaile Taim. Is é an trua é a bheith ligthe i dtraipisí mar atá sé. Meas tú cé aige a mbeidh sé?'

'Ní dóigh liom go bhfuil duine muinteartha ar bith léi beo ar an saol,' a dúirt Jeaic. Bheadh suim aige féin san áit, dá mbeadh sé ar an margadh. Bhí roinnt gabháltas ceannaithe cheana aige ó dhaoine a chuaigh ar deoraíocht agus nach mbeadh ag teacht ar ais. Rinne sé iontas amanna cén fáth an ndearna sé é. Ní raibh suim dá laghad ag Warren sa talamh. Ach ní bheadh a fhios agat . . .

'Ach nach raibh páiste aici?' arsa Tadhg. Ba é an duine ab óige acu, é fós sna fichidí. 'Sin é a chuala mise, ar chaoi ar bith.'

'Is cuimhneach liom go maith an lá ar léigh an sagart ón altóir í . . .' Dhírigh siad ar fad a n-aird ar Taimín, agus é mar a bheadh sé ag caint isteach sa tine. 'Chloisfeá biorán ag titim sa séipéal. Deir siad gur bhris a mháthair cos na scuaibe ar a droim nuair a tháinig sí abhaile ón Aifreann. Ach ar ór nó ar airgead ní inseodh sí cérbh é an t-athair. Bhailigh sí léi go Sasana nó áit éicint.'

'Agus an raibh an páiste aici?' arsa Tadhg.

'Ní raibh tásc ná tuairisc uirthi,' arsa Taimín go mall, 'go dtí gur tháinig sí ar ais chuig an sciobóilín sin amuigh ar an bportach. Bhí sí tamall ann, déarfainn, sular tugadh faoi deara ann ar chor ar bith í. Nuair a thosaigh daoine ag dul amach ag baint móna san earrach a chonacthas í.'

'Bail ó Dhia ort, a Taimín.' Chaoch Máirtín súil ar Thadhg, 'ach tá a fhios agat go leor faoin mbean bhocht.'

'D'fhéadfadh sé an áit a bheith aige anois, ach í a phósadh.' Lean Tadhg leis an magadh.

'An bhean bhocht.' Ní raibh aon aird ag Taimín orthu. 'Bheadh trua agat di.'

'Ní mór rud eicínt a dhéanamh . . .' Bhí Jeaic ag glanadh an chuntair, tuairim eile aige faoi Bhidín thar mar a bhí aige níos túisce sa lá. Ní raibh an damáiste a rinneadh don jíp chomh dona is a cheap sé i dtosach. Ach is air féin níos mó ná ar Bhidín a bhí sé ag cuimhneamh: 'Dá gcaillfí amuigh ansin í, bheadh muintir na háite seo náirithe os comhair an tsaoil.'

'Céard is féidir a dhéanamh,' arsa Máirtín, 'mura bhfuil sí sásta cúnamh a ghlacadh ó dhuine ar bith?'

'Dá dtiocfadh lucht ceamara ó cheann de na nuachtáin,' a dúirt Jeaic, 'dhéanfaidís an-scéal de. D'fhéadfaí an-dochar a dhéanamh agus muid ag iarraidh an turasóireacht a chur chun cinn san áit.'

Lig Tadhg racht gáire as féin: 'Cibé faoi leathanach a haon den pháipéar, ní dóigh liom go mbeadh Bidín an-fheiliúnach do leathanach a trí.'

'Ní údar gáire ar bith é,' arsa Jeaic.

'Ach cé a thabharfadh fear ceamara amach chuig Bidín?' Ní fhaca Tadhg mórán céille lena chaint.

'Ní chuirfinn thar an sagart óg sin atá againn é.' Rinne Jeaic aithris ar an sagart. 'Tabhair Beartla orm.'

'Togha fir é Beartla,' a dúirt Tadhg.

'Shíl mé nach raibh creideamh ar bith agatsa.'

'Ní gá an teachtaire a mharú mura n-aontaíonn tú leis an teachtaireacht, a Jeaic. Is maith liomsa Beartla. B'fhéidir nach réitím lena Dhia, ach creidim sa duine. Agus má tá aon neach le háit cheart a fháil do Bhidín Shaile Taim, is eisean a dhéanfas é.'

'Trí scéal mór a dhéanamh de chás Bhidín Shaile Taim?' arsa Jeaic.

'Trí bhrú a chur ar an gComhairle Contae teach ceart a thógáil di. Nach eisean atá taobh thiar de na béilí seo do na seandaoine agus títhe *Chouncil* do lánúineacha óga. Fear trodach go maith é, más támáilte féin é.'

'Tá córas ceart agus córas mícheart le rudaí a fháil déanta.' Níor aontaigh Jeaic le cuid de mhodhanna oibre an tsagairt.

'Féar plé dhó,' arsa Tadhg, 'Faraor nach bhfuil tuilleadh ann mar é. Tá an ceart ar fad aige sa rud a dúirt sé faoi gan a bheith ag sceitheadh ar do chomharsa faoi chúrsaí dóil.' *Communist* eile, ar mo nós féin.'

'*Communist* cuntair,' arsa Jeaic.

'Nach cuma leatsa, a fhad is atáimid ag íoc as na deochanna. Maidir le Máirtín anseo, bheadh sé in ann an baile ar fad a cheannach, tá sé ag déanamh chomh maith sin ar an jabaireacht.'

'Corrcheann anseo is ansiúd.' Bhí Máirtín sórt náireach. 'Níl aon phraghas orthu i láthair na huaire.'

'Cloisim go bhfuil do shaibhreas déanta agat.'

'Cén mhaith saibhreas?' arsa Máirtín. 'Níl tú in ann é a thabhairt leat.'

'D'fhéadfá é a fhágáil agamsa.' Bhí a fhreagra ag Tadhg.

'Beidh an chuid is mó de fágtha anseo ag Jeaic agam sula n-imeoidh mé den saol, luach mo chuid airgid caite siar agam. Le cúnamh Dé.'

'D'ól muid ariamh é.' Bhí a phionta críochnaithe

ag Taimín agus tháinig sé ar ais chuig an gcuntar, áit ar ordaigh Máirtín deoch eile dó.

'Nár laga Dia thú. Déanfaidh sé maith don slaghdán.'

'Níor thug mise faoi deara slaghdán ar bith ort.' Bhreathnaigh Tadhg air.

'Níl sé orm fós, ach airím ag teacht orm é. Airím i mo chuid scoilteacha é. Tá siad sin chomh maith le réamhaisnéis na haimsire lá ar bith.'

'Téirigh siar chuig Bidín Shaile Taim ar an bportach ar feadh leathuair an chloig,' arsa Tadhg, 'agus bainfidh sí na scoilteacha díot.'

'Dúirt mé leat go minic cheana é, a Thaidhg,' arsa Jeaic, 'ní theastaíonn caint bhrocach mar sin uainn sa teach seo.'

'Gabh mo leithscéal. Rinne mé dearmad cé chomh cráifeach is atá tú.'

'In áit a bheith ag caint air i gcónaí, cén fáth nach ndéanann tú rud eicínt faoi, bean óg a fháil duit féin le pósadh?'

'Táim in ann é a fháil nuair a theastaíonn sé uaim, a Jeaic. Sin é an chaoi is fearr é. Loic do chuid airgid, nó fág an leaba. Ní bhristear croíthe ar an gcaoi sin, nó ní bhíonn athair ar bith ag teacht i mo dhiaidh le gránghunna, ag iarraidh go bpósfainn a iníon.'

'An bhfuil tu in ann cuimhneamh ar aon ní ach ar an mbrocamas?'

'Tusa a chuir an cheist.'

'Meas tú, a Mháirtín, an bhfuil athrú ar an aimsir?' Bhí Taimín ag iarraidh argóint a sheachaint.

'Níl cosúlacht mhaith ar an spéir thiar.'

'Á, le cúnamh Dé . . .'

Níor fhág Tadhg aon suaimhneas aige: 'Cén bhaint atá ag Dia leis an aimsir?' ar seisean.

'Nár airigh muid ariamh gurb é Dia a rathaíonn.' Bhain Taimín a chaipín de in ómós do Dhia.

'Nach bocht an rath a chuireann sé ar mhuintir na hAfraice,' a dúirt Tadhg. 'Tá siad scrúdta leis an ocras agus le gorta, de bharr triomacht lá amháin, agus iad maraithe le fuarlaigh lá eile.'

'Is págánaigh iad siúd.' Bhí a fhreagra féin ag Taimín. 'Níl creideamh ar bith acu, ach an oiread leat féin, más fíor a bhíonn á rá agat.'

'Ní bhaineann creideamh leis an aimsir, ach ó luann tú é is Críostaithe iad go leor de mhuintir na hAfraice.'

'Is í an tír seo an tír is Caitlicí ar domhan,' arsa Taimín, le teann bróid.

'Nach in atá mícheart léi.'

Bhí Máirtín ag éirí míshuaimhneach. 'Tá trí

36

ábhar a deir siad nár cheart a tharraingt anuas i dteach ósta; creideamh, polaitíocht . . . Céard é an tríú ceann?'

'Mná, ar ndóigh,' arsa Jeaic.

'Bhuel níl sé sin ceadaithe anseo agatsa ar aon chaoi,' a dúirt Tadhg.

'Is rud álainn í an bhean,' a d'fhreagair fear an ósta, 'go dtí go ndéantar rud brocach di, mar a dhéanann tusa le do chaint gháirsiúil.'

'Nach cuid den saol é sin chomh maith le creideamh nó polaitíocht?'

'Is iontach an spéis atá agat sa gcreideamh, a Thaidhg . . .' Bhain Taimín a phíopa as a bhéal, 'd'fhear nach dtaobhaíonn le teach pobail ar bith.'

'Nach teach pobail atá anseo? *Public house,* mar adéarfá.'

'Séipéal nó teampall atá i gceist agamsa.'

'Ní hin le rá nach gcreidim i Mac Dé, nó nach bhfuil meas agam air. Ach déarfainn nach dtaobhódh seisean le mórán séipéal ach an oiread dá dtiocfadh sé ar ais arís sa lá atá inniu ann.'

'Nach bhfuil sé istigh i chuile shéipéal cheana?' Chroch Taimín a chaipín in ómós arís. 'I naomhshacraimint na haltóra.'

'Agus é istigh i mbosca,' arsa Tadhg. 'Coinnithe faoi ghlas. Céard eile a bheifeá ag súil leis ón eaglais?'

'Moladh go deo leis.' Chríochnaigh Taimín a phionta. Thóg sé sóinseáil aníos as a phóca, agus thosaigh sé ar a comhaireamh.

'Tá tú ceart go leor, a Taimín.' Thosaigh Jeaic ar phionta eile a líonadh dó.

*   *   *   *

Bhí an tAthair Beartla Mac Diarmada ag scríobh ailt don pháipéar *Muinín*, sórt irise a bhí bunaithe aige féin agus daoine a bhí ar aon intinn leis faoi chúrsaí an tsaoil, agus chúrsaí na heaglaise go háirid. Páipéar radacach go maith a bhí ann i gcomhthéacs na hÉireann.

Bhailigh a lucht tacaíochta airgead dó tamall roimhe sin le próiseálaí focal a cheannach, ach ní raibh an cheird foghlamtha i gceart fós aige. Chaill sé alt iomlán amháin nuair a chlis ar an gcóras leictreachais, dearmad déanta aige ar an gcnaipe 'sábháil' a bhrú. Ar an lá áirithe sin bhí gach cúpla líne á shábháil aige, mar go raibh a intinn chuile áit ach ar an obair a bhí ar siúl aige.

Bhí cupán caife in aice lena lámh dheas, toitín sa lámh eile. Bhí sé ráite leis go minic go gcuirfeadh an iomarca caife agus tobac den saol é. D'fhreagraíodh sé go raibh sé thar am aige bás a fháil. 'Táim bliain níos sine cheana ná an aois

38

chéasta ár dTiarna,' a deireadh sé. 'Sagart ar bith nach bhfuil céasta ag an aois sin, ní fiú faic é.' Ach, ar ndóigh níorbh ionann na tairní tobac agus na tairní a cuireadh i lámha Chríost.

Alt faoin gcúnamh dífhostaíochta, nó an dól, a bhí sé ag scríobh. Shíl sé gur cheart go mbeadh an t-ábhar ar fad ina intinn aige, mar is air sin a labhair sé ina sheanmóir an Domhnach roimh ré. Ach ní túisce tosaithe ar an obair dó nó go mbeadh sé ag cuimhneamh ar an gClub Óige, nó céard ba cheart a dhéanamh faoi Bhidín Shaile Taim.

'Déan dearmad ar chuile rud,' a dúirt sé leis féin, 'ach ar an obair atá idir lámha agat.' Sheas sé suas. Shiúil sé timpeall an tseomra. Shuigh sé arís. Rug sé ar bhiró agus cóipleabhar. Rinne sé iarracht ar a chuid smaointe a chur in ord. Ionsaí ar chóras na n*gaugers* a bhí san alt. Sin é an t-ainm a tugadh go háitiúil ar chigirí ón Roinn Leasa Shóisialta.

Oifigí Leasa Shóisialta a thug sé féin ar oifigí na Roinne a bhí ceaptha cúnamh airgid a chur ar fáil do na boicht. Dar leisean is mó dochar ná maith a rinneadar trí bheith róghéar ar na daoine áitiúla a raibh fonn oibre orthu. Bhí pionós á chur orthu, a dúirt sé, mar rinneadar iarracht cur lena n-ioncam ón dól, trí slata mara agus cineálacha feamainne a dhíol.

Dúirt an sagart Mac Diarmada ina alt gur cheap

sé gurb é an *gauger* an namhaid ba mhó a bhí ag
muintir na Gaeltachta agus ag daoine ar fud na tíre
a bhí ag brath ar an dól. Colscaradh Stáit a thug sé
ar chóras a chuir oiread pionóis ar dhaoine a bhris
na rialacha, go raibh ar fhear tí dul ar deoraíocht le
dul ag saothrú dá bhean is dá chlann.

Rinne sé ionsaí ar na heaspaig a labhair chomh
láidir in aghaidh an cholscartha nuair a bhí
reifreann sa tír ar an gceist, ach a bhí tostach ar an
gceist seo. 'Mar nach bhfuil a fhios acu tada faoin
mbochtaineacht,' a scríobh sé. 'Mar ní mhaireann
siad sa saol céanna leis an bpobal.'

Chaith sé a bhiró uaidh i lár an bhoird. Bhí a
dhóthain déanta, a cheap sé, an chuid ba mheasa
roimhe fós, an clóbhualadh sin a raibh an ghráin
aige air mar go raibh sé chomh mall sin ina bhun.
Shuigh sé siar ina chathaoir, a lámha snaidhmthe
ina chéile taobh thiar dá chloigeann.

'B'fhéidir go ndéanfadh Mairéad dom é,' a
cheap sé. Chuimhnigh sé ansin nach raibh ansin
ach *stereotype* eile. Ag súil go mbeadh bean
toilteanach rud mar chlóscríobh a dhéanamh, mar
nár thaitin an obair áirid sin leis féin. Ach caithfidh
mé glaoch a chur uirthi ar chaoi ar bith, a
smaoinigh sé, agus fiafraí di cén chaoi ar éirigh léi
féin agus le hÁine le Bidín Shaile Taim. Bhí a
leithscéal aige.

Bhí an Bidín chéanna ag déanamh tinnis dó le fada an lá. Rud amháin is ea litreacha agus ailt radacacha a scríobh, rud eile is ea breathnú ar bhean ded phobal féin ag maireachtáil ar nós muice. Bhí sé idir dhá chomhairle. Bhí taobh amháin dá intinn ag rá leis éisteacht di, ligean di maireachtáil sa gcaoi a theastaigh uaithi. Bhí an taobh eile de ag rá go raibh a sláinte agus a compord níos tábhachtaí ná a príobháid.

Bhí a fhios aige gur cheap cuid den choiste sóisialta go raibh sé ag éalú óna dhualgas nuair a mhol sé gurb iad Áine agus Mairéad a dhéanfadh teagmháil le Bidín i dtosach. Ní hé go raibh sé ag eiteachtáil 'an cloigín a chur ar an gcat,' mar a dúirt bean an dochtúra ag an gcruinniú. Cheap seisean gurbh fhearr a d'éireodh le mná i gcás mar sin. Shíl siadsan gur gnó sagairt a bhí ann, gurb iad na sagairt a rinne a leithéid ariamh.

'Nach bhfuil sé in am na rudaí a rinneadh ariamh a athrú?' a dúirt sé leo. 'Ach ní bhíonn daoine ag iarraidh athrú ach nuair a fheileann sé dóibh féin. Tá daoine i gcónaí ag iarraidh ar na sagairt a gcumhacht a roinnt, ach nuair a thagann an crú ar an tairne, tugtar na jabanna deacra dúinn.' Mhol sé gur mná ón gcoiste a ghabhfadh ann, mar go scanródh sagart in éadaí dubha Bidín.

Chuir sé glaoch teileafóin ar Mhairéad. Rinne

sí gáire nuair a d'fhiafraigh an sagart cén chaoi ar chaith Bidín leo.

'Chaith sí linn ceart go leor,' a dúirt sí. 'Cacanna bó agus créafóg, clocha agus mallachtaí.' Thug sí cuntas cruinn ar gach ar tharla, mar go raibh sé ar fad soiléir ina hintinn i gcónaí de bharr an scanraidh a fuair sí.

'Bhuel, féar plé daoibh,' arsa an sagart, 'as í a thriail. Go méadaí Dia chuile shórt ar fheabhas agaibh.'

'Tá súil agam go bhfuil do phaidirse níos treise ná mallacht Bhidín.'

'Ná habair go scanraíonn seafóid mar sin thú.'

'Níor cuireadh mallacht orm ariamh cheana,' a dúirt Mairéad. 'Go bhfios dom. Suas le mo bhéal ar aon chaoi. B'fhéidir go ndéanann na gasúir chuile lá é ar scoil.'

'Tá dóthain céille agat, a Mhairéad, agus gan aird a thabhairt ar a leithéid sin.' Bhí aithne mhaith ag an sagart ar Mhairéad mar go raibh sé féin ina shéiplíneach sa bpobalscoil ina raibh sí ag múineadh, agus bhí ardmheas aige uirthi. Bhí spéis aici sna rudaí a chuir sé féin suim iontu, agus is minic a bhí díospóireachtaí agus comhráite fada eatarthu faoi chúrsaí creidimh.

Bhraith sé nach raibh mórán cumarsáide idir í agus a fear, Máirtín, ach níor labhair sí ariamh ar rudaí pearsanta. Bhí sé mar phrionsabal aige nach bhfiafródh sé d'aon duine faoi chúrsaí príobháideacha. Chreid sé go n-insíonn daoine na rudaí a bhíonn siad ag iarraidh a insint.

'Bheadh sé seafóideach aird a thabhairt ar mhallachtaí den sórt sin,' a dúirt sé léi.

'Tugann muid aird ar na beannachtaí,' ar sí. 'Tuige nach dtabharfaimis aird ar na mallachtaí?'

'Níl a fhios agam.' Stop an sagart. Ní raibh an ceann sin cloiste cheana aige. 'Nuair a chloisim caint ar mhallacht Dé,' ar sé, 'ceapaim gur ag cur Dia ina n-aghaidh féin atá sé sin. Cén chaoi a mbeadh baint ag Dia maith le dochar?'

'Nach bhfuil diabhal ceaptha a bheith ann chomh maith, nó an bhfuil sé sin caite amach uilig agaibh?'

'Níl sé, ach ní cheapaim go ndéanann mallacht dochar ach in intinn an té a cheapann go bhfuil mallacht curtha air. Rud síceolaíoch atá ann . . .'

'Níl sé éasca é a ligean i ndearmad,' arsa Mairéad, 'nuair is ort féin a chuirtear an mhallacht.'

'Tá brón orm gur tharraing mé oraibh í. Má tá na mallachtaí le titim ar dhuine ar bith, go dtite siad ormsa.'

'Tá tusa beannaithe. Ní thitfidh tada ortsa. Ní chuimhneoidh mé níos mó orthu. Níl mé ag rá ach go n-aireofá aisteach ina ndiaidh. Ach dhéanfá dearmad ar eascaine agus ar chuile rud nuair a d'fheicfeá an chuma atá uirthi. Is mór an trua í an bhean bhocht. Caithfear rud eicínt a dhéanamh di, a Bheartla.'

'Beidh tuairisc agaibh don chruinniú an chéad oíche eile,' a dúirt seisean. 'Déanfar cinneadh ansin.'

'Déarfainn nach mbeidh de rogha agat ach dul chuici an uair seo,' arsa Mairéad, sular fhág sí slán aige ar an bhfón, 'agus níor mhaith liom a bheith i do chraiceann.'

Bhí sórt drochmhisnigh ar an sagart tar éis dó an teileafón a chur síos. Chuaigh sé isteach sa chistin le cupán eile caife a réiteach. Bhí an áit ina ciseach, soithí salacha chuile áit aige, grabhróga aráin ar fud an bhoird, cartán bainne fágtha ar oscailt agus é imithe géar, boladh stálaithe san áit.

'Caithfidh mé tabhairt faoi lá eicínt,' ar seisean leis féin. 'Lá eicínt . . . bean a theastaíonn uaim.'

Ach chuir sé an smaoineamh sin amach as a intinn, ní mar gheall ar chúrsaí aontumha na sagart, ach mar gur cheap sé gur masla do bhean ar bith a bheith ag súil go nífeadh sí a chuid soithí salacha. 'Tabharfaidh mé féin faoi lá eicínt.'

Céard a dhéanfadh sé faoin gClub tráthnóna an chéad cheist eile a tháinig ina intinn nuair a smaoinigh sé ar an gcuid eile den lá. Ní raibh na

ceisteanna réitithe aige do Thráth na gCeist a bhí
beartaithe ag Club na nÓg. Bhí leabhar na
gceisteanna aige ceart go leor, ach is i mBéarla a
bhí sé.

'Rud amháin cinnte,' ar sé leis féin, 'ní
dhéanfaidh mé an botún a rinne mé cheana.'

D'fhág sé na ceisteanna le haistriú i rith an
chomórtais. Rinne sé cíor thuathail amach is amach
de. Níor thuig na gasúir céard a bhí sé ag iarraidh a
rá, go dtí sa deireadh go mb'éigean dó athrú go
Béarla. Cuireadh scéal amach ar an Raidió faoi
Thráth na gCeist i mBéarla i gceartlár na Gaeltachta
oifigiúla.

Nach bhféadfadh sé 'Tráth na gCeist' a chur ar
an méar fhada, a smaoinigh sé. Cluiche cispheile a
chur ina áit. An iomarca cluichí a bhí acu, a cheap
sé, ach dhéanfadh sé cúis an uair seo. Chuimhnigh
sé go gcaithfeadh sé tuilleadh daoine fásta a
mhealladh isteach sa gClub. D'fhágfaí chuile shórt
faoin sagart mura mbeadh sé cúramach.

Fear ard tanaí a bhí ann, gruaig dhubh chatach
air. Péire *jeans* agus t-léine gorm a chaith sé i
gcónaí ach ar lá sochraide. Ar ócáid mar sin chaith
sé éadaí tradisiúnta an tsagairt mar ómós don
mharbh agus don mhuintir a bhí faoi bhrón.
D'oibrigh Beartla Mac Diarmada lá agus oíche, i
mbun obair an pharóiste, ag eagrú cruinnithe, ag

scríobh alt, ag traenáil foirne cispheile agus iománaíochta.

An crann taca ba mhó a bhí aige ná an t-easpag. Ba mhinic cliarlathas na heaglaise á cháineadh aige, agus údar aige, a cheap sé. Ach ní raibh aige ach moladh dá easpag féin mar gur thug sé cead a chinn dó, agus thuig sé an obair mhaith a bhí ar siúl aige. B'éigean don easpag cur suas le brú óna gcomheaspaig cúpla uair nuair a scríobh an Diarmadach alt cáinteach fúthu. Sheas sé an fód i gcónaí dó ina dhiaidh sin, agus dúirt gurbh é Beartla an sagart ab fhearr ina dheoise.

Chuir sé glaoch ar Jaqui Chofaigh, cathaoirleach an Chlub.

'Tá caife anseo agus Cofach ansiúd,' a deir sé. 'Níl a fhios agam cé acu is measa.'

'Tá súil agam gur milse mise ná an caife sin a ólann tú. D'ól mé blogam de an oíche a raibh cruinniú an choiste thiar sa teach agat. Uch, gránna. Níl a fhios agam cén fáth a n-ólann tú gan siúcra é.'

'Tá sé go maith le haghaidh an *figure*,' a dúirt an sagart. Bhí a fhios aige ar an bpointe go raibh an rud mícheart ráite aige. Bhí trioblóid aici a meáchan a choinneáil síos. Lean sé air ag caint leis an dochar a bhaint as an rud a bhí ráite aige:

'Cogar mé leat, a Jaq, níl rud ar bith réitithe agam do Thráth na gCeist sin.'

'Jaq . . . An chéad uair eile is *jackass* a thabharfas tú orm.'

'Breith do bhéil féin ort, mar a deir an Bíobla.'

'Tá tú lán de chac,' a d'fhreagair sí. Bhain sí taitneamh as a bheith chomh dána leis ina caint is a d'fhéadfadh sí a bheith.

'Tá mé lán d'imní mar nach raibh am agam aon rud a réiteach.'

Níor chuir sé sin as do Jaqui. Is amhlaidh a bhí an ghráin aici ar Thráth na gCeist.

'Nach bhféadfaimis dioscó a bheith againn in áit an chomórtais?'

'Céard faoi chluichí? Bíonn tuismitheoirí ag cur in aghaidh an dioscó.'

'Níl a fhios acu sin céard é féin. Nach bhfuil oiread aclaíochta ag baint leis an dioscó is atá le cluiche. Go maith don *figure*, mar a deir tú,' arsa Jaqui, ag magadh faoi.

'Bíonn siad ag rá nach bhfuil an dioscó gaelach.' Níor theastaigh uaidh tuilleadh trioblóide a tharraingt air féin ó lucht an Raidió.

'Agus an bhfuil cispheil gaelach? Nó badmantan? Nach bhféadfaimis ceirníní céilí a chasadh chomh maith leis an roc?'

'Gan trácht ar an damhsa mall.'

'Sin a bhíonns ag cur as don seandream,' arsa Jaqui, 'cuirfidh mé geall, agus ní hé an roc é.'

'Ní thaitníonn an dioscó leis an Roinn ach an oiread. Bíonn muid ag brath orthu cúnamh airgid a chur ar fáil nuair a bhíonn caoi le cur ar an halla.'

'Dioscó a theastaíonn ón gClub ar aon chaoi. Ceapann siad go bhfuil Tráth na gCeist *boring*.'

'Cén sórt ainmhí é *boring*?' a d'fhiafraigh an sagart. 'Shíl mé go raibh Gaeilge ar an mbaile seo.'

'Lead-rán-ach.' Tharraing Jaqui amach an focal. 'Ní chiallaíonn sé sin tada thart anseo, ach tá a fhios ag chuile dhuine céard é *boring*.'

'Cén chaoi a bhfuil ag éirí leis an staidéar don Teastas Sinsearach?'

Rinne sí gáire. 'Tá dearmad glan déanta agam air sin. Ná bí ag caint ar rudaí seafóideacha, maith an fear. An iomarca ar fad le déanamh sa mbaile chuile oíche. Sin é an fáth i ndáiríre a theastaíonn an dioscó uainn, leis na *cobwebs* a chroitheadh dínn.'

'Bíonn níos mó ná sin ag croitheadh.'

'*Now, now, Father* . . . níor cheart duitse a bheith ag breathnú ar a mbíonn ag croitheadh.'

'Ag caint ar raftaí an halla a bhí mé,' ar sé, 'gan trácht ar an urlár. Leis an diabhal torann sin, agus an léimneach.'

'Tá tú chomh *hinnocent*, a mhac.' Thaitin sé le

48

Jaqui a bheith in ann labhairt mar sin leis an sagart. 'Ach bíodh cead againn dioscó a bheith againn anocht. Maith an buachaill, maith an fear, maith an sagart.'

'Cén rogha atá agam? 'Bhfuil do mháthair ansin?'

'Amuigh sa siopa atá sí faoi láthair. Fan nóiméad.'

'Ná bac léi mar sin go fóill. Beidh mé ag caint léi arís.'

'Faoi Bhidín Shaile Taim?'

'Tá a fhios agatsa chuile shórt.'

'Bhain sí croitheadh maith as Mam. Thit sí ina codladh ar an g*couch*, agus is beag nach ndearna sí dearmad an tae a réiteach. Ach Bidín, an créatúr bocht. An raibh a fhios agat nach bhfuil gúna ceart féin aici, ach seanmhála. Ba cheart don Chlub rud éigin a dhéanamh le cúnamh a thabhairt di.'

'Sin smaoineamh maith, ach céard faoi dá dtosódh sí ag caitheamh cloch libh . . . Is dóigh go dtosódh sibh dá gcaitheamh ar ais.'

'Nílimid chomh *stupid* sin.' Ghortaigh dearcadh an tsagairt Jaqui.

'Mar mhagadh a bhí mé. Ní ceart dom magadh a dhéanamh faoina leithéid.'

'Dá bhféadfaí í a chur i dteach banaltrais nó áit eicínt tamall. D'fhéadfaimis an teachín a ghlanadh suas nuair a bheadh sí imithe.'

'Smaoineamh maith, agus ba mhaith liom an dream óg a bheith páirteach i rudaí mar sin. Beidh mé féin ar cuairt chuici amárach, agus beidh a fhios agam ina dhiaidh sin an nglacfaidh sí le cúnamh, nó nach nglacfaidh.'

'Fan soicind,' arsa Jaqui. 'Tá mo mhamaí anseo anois.'

D'éist an sagart le taobh Áine den scéal. Mhol sise go láidir go ngabhfadh sé féin ag breathnú ar Bhidín.

'Má chinneann ort, céard eile is féidir a dhéanamh?'

*   *   *   *

Le titim na hoíche a chuaigh Bidín Shaile Taim a chodladh, samhradh agus geimhreadh. Ní raibh coinneal ná aon chineál eile solais aici ina teachín beag. Níor fhéad sí tine a lasadh taobh istigh mar nach raibh simléar aici. Choinnigh sí tine lasta taobh amuigh beagnach an t-am ar fad le cipíní agus caoráin mhóna a bhailigh sí ar fud an phortaigh. D'ith sí fataí, neantóga, muisiriúin, sméara, rud ar bith a bhain leis an séasúr.

Fraoch a bhí sa leaba fúithi agus féar tirim caite os a chionn. Chlúdaigh sí í féin le málaí canbháis

50

agus plaistigh a bheadh caite uathu ag daoine a bhí
ag obair ar an bportach.

Roimh dhul a chodladh di, dúirt sí a paidreacha,
an tÁr nAthair, 'Sé do bheatha, a Mhuire, agus an
Ghlóir.

Chuimhnigh sí ar Shíle. Síle a thug sí ar an
ngasúr nach bhfaca sí ariamh, ach a dúirt banaltra
léi gur cailín a bhí inti. Thóg siad uaithi í. Dúirt
siad gur shínigh sí cáipéis, ach ní raibh aon
chuimhneamh aici ar pháipéar a shaighneáil. Bhí
breith chrua phianmhar aici, agus b'fhéidir gur
shínigh sí rud éigin ina dhiaidh sin. Ní raibh a fhios
aici.

Shuaimhnigh a hintinn i gcónaí nuair a
chuimhnigh sí ar Shíle. Bhí sí trína chéile ar feadh
an tráthnóna, tar éis do na mná sin a theacht níos
túisce. Scanraigh siad í. Scanraigh rud ar bith ón
saol taobh amuigh í, saol na ndaoine, mar a thug sí
ina hintinn ar an saol úd a bhí tréigthe aici. Cén
fáth a raibh siad ag iarraidh cur isteach uirthi anois?

Níorbh iad na mná iad féin a scanraigh í, a
cheap Bidín, nuair a smaoinigh sí siar air, ach an
sloinne sin, Cofach. Sin a thug an seansaol ar ais
chuici. Sin a chuir trína chéile í. Sin a d'fhág í sa
riocht ina raibh sí. Sin a scar amach ón saol agus,
thar aon rud eile, óna hiníon í. Bhí a saol féin thart
ón lá a tugadh Síle uaithi, ón lá a rugadh í. Ní raibh

inti ariamh ó shin ach sórt taibhse ar an bportach.
Agus tuige nach bhféadfaí í a fhágáil mar a bhí sí?

Céard a dhéanfaidís anois? Gardaí? Teach na
nGealt? Bhí a fhios aici go raibh bealach éalaithe i
gcónaí aici. Bhí an poll portaigh i gcónaí ann.
Chuimhnigh sí arís ar Shíle, a leanbh.
Shuaimhnigh sé sin i gcónaí í. Chodail sí.

*   *   *   *

Bhí an dioscó faoi lán seoil, aos óg an bhaile ar
fad ann, suas le leathchéad acu, dhá oiread is a
bheadh ag cispheil, badmantan, nó Tráth na gCeist.
Cathaoirleach an Chlub, Jaqui Chofaigh, a bhí mar
DJ, ag plé leis na ceirníní agus ag fógairt na
ndamhsaí. Rinne sí aithris chomh maith is a bhí sí
in ann ar chaint is ar chanúint na DJanna ar an
raidió agus ag na dioscónna móra.

DJJC a thug sí uirthi féin agus í ag cur ceoil
agus ceoltóirí in aithne. Dúirt na leaids go raibh sí
thar cionn mar DJ. Thaitin sé sin go mór léi. Bhí
súil aici jab a fháil sa Raidió amach anseo.
Theastódh DJ maith le hiad a dhúiseacht suas, le
rud eicínt fiúntach a chur ann don aos óg. Raidió
na sean leaids a thug duine a bhí ag obair sa stáisiún
féin air, agus b'fhíor dó. Dá gcloisfidís go raibh sí

chomh maith is a bhí sí, b'fhéidir go mbeadh seans
aici, a cheap sí.

Míbhuntáiste amháin a bhain le bheith i do DJ,
ar ndóigh, ná nach bhféadfá a bheith ag damhsa ag
an am céanna. Bhí súil aici ar Sheáinín Folan le
tamall anuas. B'iontach mar a d'athraigh sé le
cúpla bliain, mar a d'fhás sé suas ina fhear breá
dathúil tar éis chomh scáinte is a bhí sé sa chéad
bhliain. Neartaigh an t-iomramh sna rásaí curachaí
go mór é. Bhí sé le feiceáil i gceart anois ó ghearr
sé a ghruaig, a bhíodh ag titim síos thar a shúile
roimhe sin. Bhí cuma air go raibh sé chomh maol
anois le tóin linbh, cé is moite de bhob beag chun
tosaigh, agus píosa beag caol ar chúl a chinn.

Thug Jaqui faoi deara ón ardán go raibh Seáinín
amuigh ag damhsa le hAngela Shorcha an chuid is
mó den oíche. Cé gur cara léi féin í Angela, ní
raibh a fhios ag Jaqui céard a chonaic Seáinín inti.
B'fhéidir nach raibh sé in ann breathnú thar an
ghruaig fhada rua agus an mionsciorta leathair. Shíl
sí go raibh pearsantacht deich n-uaire níos fearr aici
féin nó mar a bhí ag Angela.

D'aimsigh sí an ceol don chéad damhsa eile,
agus léim sí anuas ón stáitse. Síos léi chomh fada
le hAngela agus Seáinín. 'An ndéanfaidh tú DJ ar
feadh scaithimh?' a d'fhiafraigh sí d'Angela.

'Coinnigh ort,' arsa Angela. 'Is fearr i bhfad tusa ná mise ag plé leis sin.'

'Ach táim ag iarraidh dul ag damhsa ar feadh tamaill.'

'Nílimse in ann é a dhéanamh i ndáiríre,' a dúirt Angela. 'Níl an chaint agamsa mar atá agatsa.'

'Bíonn neart cainte agat nuair a thograíonn tú.'

Níor theastaigh ó Angela dul ar an stáitse. B'fhearr i bhfad an chraic ar an urlár: 'Nílim in ann an chaint *sexy* sin a dhéanamh, a dhéanann tusa.'

'Ní gá é sin a dhéanamh.'

'Cén fáth nach n-iarrann tú ar an sagart? Níl sé sin ag damhsa.'

Chuaigh Jaqui chomh fada le Beartla Mac Diarmada, agus ghlac sé leis an gcúram an ceol a choinneáil ag imeacht, a fhad is nach mbeadh air caint ar nós DJ. 'Is deacra é sin ná seanmóir a thabhairt,' ar seisean.

Thosaigh Jaqui ag damhsa le hAngela agus Seáinín. Sin é an rud is fearr faoi na damhsaí sciobtha, ní raibh gá dul ina mbeirteanna. Nuair a chuir an sagart seancheirnín le Jim Reeves a thaitin leis féin ar siúl rug Jaqui ar lámh ar Sheáinín sula raibh deis ag Angela breith air.

Chuir sí a dá lámh timpeall a mhuiníl, agus dhamhsaigh siad chomh gar agus ab fhéidir. Ní raibh Angela fágtha i bhfad ina haonar ach an oiread, lámha Shéarlais Mhic an Ríogha timpeall uirthi, agus iad ag corraí ar éigean ar an urlár.

Ar an stáitse bhí an sagart ag gáire leis féin faoi nach raibh an lá i bhfad imithe a mbíodh sagairt ag iarraidh lánúineacha a bhí ag damhsa mar sin a choinneáil amach óna chéile. 'Caithfidh mé maide draighin a fháil,' a smaoinigh sé, 'nó an scáth báistí a thabhairt liom an chéad oíche eile.'

Tharraing Jaqui Seáinín níos gaire di, áit a raibh sé ag iarraidh cúlú uaithi le teann náire mar gur airigh sé é féin ag cruachan. Ag ligean uirthi nár mhothaigh sí é sin, bhrúigh sí isteach níos mó air le pléisiúr a thabhairt dó agus a fháil uaidh ag an am céanna.

'Nach bhfuil na focla go hálainn?' ar sí, agus í ag casadh le Reeves: *'I love you because you understand me . . .'* Leag sí a cloigeann ar a ghualainn, ag iarraidh a thabhairt le fios gur dó a bhí an t-amhrán.

'Tá cuid de na seanamhráin go deas, cinnte.'

'Faraor go gcaithfidh deireadh ar bith a theacht leis,' ar sí nuair a bhí an t-amhrán beagnach críochnaithe.

Scaoil Jaqui léi féin i gceart nuair a thosaigh ceol roc ard sciobtha ina dhiaidh sin. Léim sí agus chroith sí í féin. Bhuail sí a bosa san aer os a cionn, a cosa ag rince le bualadh na ndrumaí. Bhain sí féin agus a raibh i láthair an-taitneamh as. Rinneadar ar fad fáinne mór ansin, iad i ngreim láimhe a chéile, ag dul timpeall agus timpeall, ag screadach agus ag béiceach. Shíl Jaqui gur mó a theastaigh spraoi mar sin ón gClub ná cluichí agus cúrsaí oideachais. Nach raibh dóthain de sin acu ar scoil?

Leath bealaigh tríd an dioscó bhí cruinniú seachtainiúil an Chlub, le seans a thabhairt dóibh scíth a ligean agus le pleananna a leagan amach agus le haghaidh imeachtaí eile a eagrú. Dúirt Jaqui leis an gcruinniú go raibh scéal faighte acu go mbeadh rásaí na gcurach idirchlubanna ar Loch na nÉan sa gCeathrú Bhán arís an bhliain sin. Bhí sé in am tosú ar an traenáil.

Mar chathaoirleach, rinne Jaqui a míle dícheall a shocrú go mbeadh sí féin in aon churach le Seáinín, agus go mbeadh Angela le Séarlas. Bhí a fhios aici go maith gurb iad Angela agus Seáinín an fhoireann ab fhearr, ach dúirt sí gur tábhachtaí páirt a ghlacadh ná buachan, gur fearr cúpla curach a mbeadh seans réasúnta acu ná ceann amháin a bhuafadh go héasca.

'Seafóid,' arsa Angela. 'Cuireann tú an bheirt is fearr san iomaíocht más uait an chraobh a bhaint amach don Chlub.'

'Ní théann foirne peile nó iománaíochta go

Páirc an Chrócaigh le cluichí a chailliúint,' a dúirt duine eile.

'Téann a leath acu,' arsa leaidín trí bliana déag, agus bhain sé an-gháire amach.

'Nach n-aontaíonn tusa liomsa, a Athair?' Chuir Jaqui brú ar an sagart.

Chroith sé a ghuaillí. 'Is mise an séiplíneach. Is sibhse baill an Chlub. Caithfidh sibh é a chur ar vóta.'

'An bhfuil aon duine in aghaidh an rud atá molta agamsa?' Nuair a chuir Jaqui mar sin é, níor chuir Angela féin a lámh in airde. Bhí sé deacair dul in aghaidh an tslua.

Lean an damhsa ar aghaidh i ndiaidh an chruinnithe go dtí beagnach a dó dhéag. Níor thug an t-ardmháistir meánscoile cead dá dhaltaí scoile a bheith amuigh níos deireanaí ná sin le linn na bliana scoile.

Thug Beartla Mac Diarmada na daoine óga a chónaigh amach ón sráidbhaile thart chuig a gcuid tithe ina shean-mhionbhus Volkswagen. Bhí beagnach scór brúite isteach inti ar nós sairdíní, amhras ar an sagart faoina árachas dá mbeadh timpiste aige. Ach is mó ná sin an imní a bheadh air iad a ligean abhaile leo féin i ndorchadas na hoíche. Ní den chéad uair a mheabhraigh sé dó féin go raibh sé thar am na tuismitheoirí a chur níos mó i mbun obair an Chlub.

Tar éis go raibh lá cruógach aige, thóg sé i bhfad ar an sagart titim ina chodladh. Ar an iomarca caife a chuir sé an milleán, ach is ar a chuairt ar Bhidín Shaile Taim lá arna mhárach is mó a bhí a intinn dírithe.

'Shílfeá gur mé Daniel ag dul isteach i bpluais na leon,' ar sé leis féin. 'Is mó an scanradh a bheas uirthi ná ormsa, is dóigh. Má chuireann sí an ruaig féin orm, céard tá le cailleadh agam ach beagán dínite, bheith i m'údar magaidh sa teach ósta? Cén mhaith dínit ar lá an bhreithiúnais, nuair a bheifear ag rá: 'Bhí ocras orm . . . Ní raibh orm ach seanmhála mar ghúna . . .'

*   *   *   *

'Gabh i leith, a Shíle, a ghrá . . .' Ag caint le hiníon a samhlaíochta a bhí Bidín Shaile Taim lá arna mhárach agus í ag piocadh sméar ó na driseacha a d'fhás go tiubh taobh ó dheas dá bothán. 'Gabh i leith go bhfaighimid sméara dubha.'

Cé go mbeadh a hiníon sna tríochaidí faoin am sin, bhí a pictiúr féin di ag Bidín ina hintinn, cailín thart ar sheacht mbliana d'aois ag rith anseo is ansiúd.

'Nach iad na sméara atá fairsing i mbliana, putóga móra ramhra, buíochas mór le Dia, agus iad ag dul amú. Níl aon rud chomh dona ar na saolta seo ná an rud fónta ag dul amú. Ar dhúirt mé ariamh leat go dtagann an púca thart faoi Shamhain, agus go ndéanann sé a chuid uisce ar na sméara. Déanann. Dáiríre.'

Labhair sí mar a bheadh an cailín beag á freagairt.

'Sin é a mhilleann iad ar deireadh, an púca agus na péisteanna. Sin é an fáth nár cheart iad a ithe tar éis oíche Shamhna. D'atfadh do bholg, agus bheadh pian uafásach ort. Tharla sé dom féin. Nuair a bhí mé óg.'

Bhí seansáspan aici leis na sméara a bhailiú. Leagfadh sí uaithi é ó am go ham le go mbeadh sí in ann a dá lámh a úsáid agus í ag piocadh. Ghortaigh na spíonta anois is arís í, ach is beag a chuir sé sin as di, bhí na sméara a d'íosfadh sí chomh milis sin ar a teanga.

'Nuair a bhí mise óg . . . Meas tú an iad na sméara a rinne é nó na caipíní púca? Na muisiriúin. Fan anois go gcuimhneoidh mé . . .'

Dhírigh Bidín suas a fhad is a bhí sí ag cuimhneamh siar ar an tinneas a chuir ar leaba a báis í beagnach, agus í ina cailín beag óg.

'Na muisiriúin a rinne é, cinnte.' Thosaigh sí ag

piocadh arís. 'Cinnte, dearfa. Tá a fhios agam anois é. Is beag nár chuir siad den saol seo mé. Nach mbeinn chomh maith céanna as? Ach, ar ndóigh, ní bheadh tusa agam ansin. Is dóigh go bhfuil sé ar fad leagtha amach, leagtha amach ag Dia mór na Glóire, moladh go deo leis.'

Bhreathnaigh sí suas agus mhothaigh sí go raibh Dia ansin léi i solas na gréine agus i bhfairsingeacht ghorm na spéire. Bhí sí féin agus a hiníon ar a suaimhneas i láthair Dé.

'Bhí mo mháthair spréachta, ar ndóigh. Do mhamó. Ní fhaca tusa do mhamó ariamh. Bhíodh cuthach an diabhail uirthi agus í spréachta. Nár dhúirt sí liom míle uair gan na púcaí a bhlaiseadh. Má dúirt sí uair amháin é, dúirt sí míle uair é. Ach tá a fhios agat féin gasúir . . .'

Shamhlaigh sí í féin ag cur na muisiriún á róstadh ar an tine, im agus salann orthu, a hathair agus máthair imithe ar an aonach.

'Cibé cén sórt mí-áidh a bhí ar do Mhamaí, a Shíle, nach bhfuair mé an drochcheann? An púca nimhneach. Bhí mé chomh dona an oíche chéanna gurb éigean dóibh fios a chur ar an dochtúir.'

Smaoinigh sí ar feadh nóiméid sular lean sí uirthi:

'An costas a mharaigh mo mháthair, airgead nach raibh acu á chur amú ar dhochtúir. Thug sé *stab* dom sa tóin.'

Rinne sí gáire beag lena hiníon as a leithéid d'áit a lua.

'*Injectment*. Bheinn básaithe maidin lá arna mhárach murach é, a deir an dochtúir. Nach orm a bhí an t-ádh.'

Stop sí nóiméad, ag cuimhneamh go mb'fhéidir nach raibh an t-ádh chomh mór sin uirthi, ag cuimhneamh ar an saol a bhí aici ina dhiaidh sin.

'Bhrisfidh mé cos na scuaibe ar do dhroim,' a dúirt mo mhamaí, má itheann tú púca go deo arís.' Stop Bidín ó bheith ag piocadh na sméar dubh, fios aici go raibh rudaí éagsúla measctha ina hintinn aici. 'Nach cuma . . .'

Labhair sí le Síle arís: 'Cuir ort do chóta, a ghrá. Tá an ghrian ag dul faoi agus beidh drúcht ann. Piocfaimid tuilleadh de na sméara ansin sula gcuireann an diabhal de phúca deireadh leo lena chuid uisce salach.'

Sheas Bidín ina stangaire nuair a d'airigh sí go raibh duine eicínt ar a cúl.

'Cé 'tá ansin?' a d'fhiafraigh sí, gan casadh timpeall.

'Beartla Mac Diarmada an t-ainm atá orm. Is mé an sagart atá san áit sin thuas.' Shín sé a lámh i dtreo an bhaile, cé nach raibh sí ag breathnú. Níor mhothaigh sé chomh neirbhíseach ariamh ina shaol.

'Sagart?' D'iompaigh sí thart go mall agus

bhreathnaigh go grinn ar fhear ard catach féasógach nach raibh cosúlacht ar bith sagairt ar a chuid éadaí gorma.

'Sagart,' a dúirt sí arís, ag siúl timpeall go cúramach. 'Is mó cosúlacht an diabhail atá ort agus an mheigeall gránna sin ort. Céard a thug anseo thú? Níl aon airgead agamsa.'

'Tháinig mé ar cuairt chugat.'

'Tuige? Cén bhaint atá agamsa le do leithéid?'

Ní raibh a fhios aige céard a déarfadh sé. Chuimhnigh sé ar leithscéal: 'Níl mé i bhfad san áit. Táim ag siúl na dtithe ar fad.'

'Bhuel, níl mise i do pharóiste-se,' arsa Bidín de ghuth tréan. 'Ní chuirfidh tú iachall ormsa dul chuig do shéipéal.'

'Ní chuirimse iachall ar aon duine.' Chuir a fhreagra sórt iontais ar Bhidín. Céard eile a dhéanfadh sagart san aimsir a caitheadh ach brú a chur ar an té nach mbeadh ag freastal ar an Aifreann? Bhreathnaigh sí go géar air. 'Is aisteach an sórt sagairt thusa, más sagart ar bith thú.'

'Is sagart mé ceart go leor. Fiafraigh de dhuine ar bith é.'

'Ní bhím ag caint le duine ar bith.' Shiúil sí timpeall air, an sagart sórt imníoch go mbéarfadh sí ar chloch nó ar chréafóg nóiméad ar bith, mar a rinne sí leis na mná an lá roimhe sin.

Pádraig Standún

'Más sagart thú,' ar sí, 'cén fáth nach bhfuil culaith dhubh ort mar a bhíonns ar chuile shagart?'

'Ní chuirim orm i gcónaí é. Scanraíonn sé daoine amanna.'

'Ní fhaca mise sagart gan a chuid éadaí ariamh.'

'Níl mé chomh dona sin.' Rinne sé gáire neirbhíseach. 'Tá na giobail seo orm.'

Níor thaitin a iarracht ar ghreann le Bidín. 'Éadach sagairt a bhí i gceist agam,' ar sí le holc. Ag breathnú ar an mbothán de theach a bhí an sagart. Taobh amuigh de na daoine a chodlaíonn faoi nuachtáin ar na sráideanna, ní fhaca sé radharc chomh truamhéalach leis cheana.

'Níl mórán compoird agat san áit seo?'

Chroith Bidín a guaillí: 'Ní compord atá uaim, ach suaimhneas.'

'Ní bheadh sé deacair caoi a chur air.' Sheas sé ar charraig leis an díon a fheiceáil níos fearr. 'Ní chosnódh sé mórán.'

'Céard 'tá seanbhean in ann a dhéanamh?'

'An gcaitheann tú?' Shín sé toitíní chuici. Cé nár chaith sí ceann ó bhí sí ag obair sa siopa nuair a bhí sí óg, shíl Bidín go mbeadh sé mímhúinte gan ceann acu a ghlacadh. Thosaigh sí ag casacht nuair a las sé an toitín di agus nuair a shlog sí an deatach. Rinne an bheirt acu gáire, agus shíl an sagart den chéad uair nach raibh gá ar bith leis an imní a bhí

63

air nuair a tháinig sé.

'D'fhéadfainnse caoi a chur air, nó é a fháil déanta.' Thuig sé go bhféadfadh sé féin cloigeann since a chur air go héasca, leis an mbáisteach a choinneáil amach ar a laghad. D'oibrigh sé ar na foirgnimh i Sasana nuair a bhí sé ina mhac léinn. Níorbh é ba néata ar an saol é, ach dhéanfadh an jab cúis, dá mbeadh drogall uirthi faoi dhaoine eile a bheith timpeall uirthi.

'Níl mé ag iarraidh duine ar bith thart orm.'

'D'fhéadfainn féin an obair a dhéanamh in imeacht cúpla lá. Táim sách *handy* ar an gcaoi sin.'

'Agus céard a dhéanfainnse nuair a bheadh an cloigeann bainte den teach?

'D'fhéadfá fanacht i mo theachsa. Tá neart spáis san áit, gan aon duine ann ach mé féin.'

'Níl a fhios agam an duine nó diabhal thú . . .' Chuir an chaoi a bhreathnaigh sí air, agus cloigeann ar leathmhaig, éan beag i gcuimhne don sagart. Chuimhnigh sé ar an sampla 'éinín suimiúil,' a thug an scríbhneoir, Máirtín Ó Cadhain, nuair a bhí *spéisiúil* agus *suimiúil* á gcur i gcomparáid aige. Ach bhí Bidín ag caint a fhad is a bhí intinn seisean ar seachrán.

'. . . Tá a fhios agam anois nach sagart thú.'

'Ní chreidfidh tú mé go dtí go bhfeicfidh tú sa séipéal mé ag léamh an Aifrinn.'

'Bhí a fhios agam go raibh rud eicínt uait,' arsa Bidín. 'Tá tú ag iarraidh mé a chur chuig an Aifreann.'

'Níl mé, muis. B'fhéidir go ngabhfaidh tú ann fós as do stuaim féin. Ach níl mise le tusa, ná duine ar bith nach dtograíonn féin é, a chur ann.'

Bhí Bidín ag breathnú i bhfad uaithi nuair a dúirt sí léi féin níos mó ná leis an sagart 'Airím uaim an tAifreann, muis.'

'Bheadh fáilte romhat ann, agus míle fáilte, dá mbeifeá ag iarraidh a dhul ann.'

Bhreathnaigh sí air ar nós nach raibh tuiscint ar bith aige ar réaltacht an tsaoil. 'Sna giobail seo?' ar sí. 'Bheadh chuile dhuine ag breathnú ar an tseanchailleach bhrocach.'

'Nach cuma dhuit. Níl duine ar bith acu ag cur greim i do bhéal.'

Chuir 'greim i do bhéal' Bidín ag smaoineamh ar an lá roimhe sin. 'M'anam, ach bhí beirt anseo inné a bhí ag iarraidh béilí a thabhairt dom.'

'Chuala mé caint air sin,' a dúirt an sagart, meangadh gáire air.

'An tú a chuir ann iad?'

'Tá coiste againn,' a mhínigh sé, 'le cabhrú le seandaoine agus le daoine atá ina gcónaí leo féin.'

'Chuir mé an ruaig orthu.'

'Sin é a chuala mé. Tuige?'

'Bhí scanradh orm.' Bhí Bidín ag breathnú síos agus í ag scríobadh le ladhair a coise sa bpuiteach ar nós circe.

'Ní scanródh an bheirt a bhí anseo inné duine ar bith. Ní chasfaí beirt níos deise ná Mairéad agus Áine ort in áit ar bith.'

'Scanraíonn daoine mé.' Labhair Bidín go híseal, mar a bheadh náire uirthi.

Bhreathnaigh an sagart uaidh trasna an phortaigh. Ní raibh teach i bhfoisceacht cúpla míle di. 'Cén chaoi a maireann tú ar chor ar bith amuigh anseo, gan chuideachta, gan chomhluadar?'

'Muise, ní labhraíonn aon duine liom.'

'Ní labhraíonn tusa leo ach an oiread.'

'Céard a bheadh le rá agamsa?'

'D'airigh mé go raibh neart le rá agat inné, rudaí nach raibh go deas ach an oiread.' Shíl an sagart go raibh aithne sách maith anois aige ar Bhidín le labhairt mar sin.

'Tháinig an bheirt sin anseo chomh dána le rud ar bith.'

'Nach raibh orthu rith uait?'

'Ní raibh mé ag iarraidh a gcuid béilí brocacha.'

'Chuala mé faoi na mallachtaí freisin.'

'Is sagart thú ceart go leor. Cloiseann tú chuile rud.'

'Chuir do chuid mallachtaí imní orthu,' a dúirt

sé. Shíl sé go mb'fhéidir go raibh sé ag dul rófhada. Ar an taobh eile de cheap sé gur ghá na rudaí sin a rá.

'Sciorr siad de mo theanga,' a d'fhreagair Bidín. 'Dheamhan dochair a bhí iontu.'

'Ní hin é a cheapann siadsan.' Cheap an sagart go gcaithfí an fhírinne a insint, cé go mba mhaith leis a bheith réchúiseach i ngeall ar í a bheith chomh hainnis sin. 'Tá gasúir ag duine acu, faitíos uirthi go dtarlódh aon bhlas dóibh, de bharr do chuid mallachtaí.'

'Abair leo gur dhúirt mise nach raibh aon dochar iontu, go raibh scanradh orm, gurbh éigean dom rud eicínt a rá leis an ruaig a chur orthu.'

'Is tusa a chaitheann é sin a rá leo.'

'Ná habair go bhfuil siad sin ag teacht ar ais anseo arís,' arsa Bidín, cuma ar a héadan gur chuir an nuacht sin déistin uirthi.

'Is féidir leat é a rá leo,' ar seisean go héasca, 'nuair a bheas tú ar ais i measc na ndaoine arís.'

'Beidh tú ag fanacht leis an lá sin, mise á rá leat.'

'Déan do rogha rud.' Shiúil sé timpeall an tí ar nós cuma liom. Stop sé ag an áit is measa a bhí an díon. 'Déarfainn go bhfuil braon anuas ansin.'

'Nuair a bhíonn gaoth anoir aneas.'

'Ní thógfadh sé mórán . . .'

67

'Ach níl seagal ná scolb agatsa le díon tí a dheisiú.' Bhreathnaigh sí air ó bhun go barr, mar a bheadh sí ag iarraidh a oibriú amach ina hintinn an mbeadh sé in ann i ndáiríre caoi a chur ar a teachín.

'Ar shinc a bhí mise ag cuimhneamh,' a dúirt sé, 'agus ní theastódh deisiú go deo arís. Agus d'fhéadfá tuí a chur os a cionn, dá dtogrófá.'

'Céard é sin a dúirt tú . . .?' Bhí Bidín ag breathnú síos ag a cosa arís, 'faoi fhanacht i do theachsa nuair a bheadh an obair dhá déanamh?'

'D'fhágfainn fút féin é sin a shocrú i d'intinn féin,' a d'fhreagair sé. 'D'fhéadfainn an seanveain sin thuas ag an mbóthar a tharraingt síos anseo más maith leat. D'fhéadfá codladh inti sin.'

'Bheinn náirithe os comhair an tsaoil, fanacht i dteach an tsagairt.' Ag an nóiméad sin a bhraith Beartla Mac Diarmada go raibh ag éirí leis, go raibh Bidín ag smaoineamh ar chead a thabhairt dó caoi a chur ar a teachín. An braon anuas uirthi sa ngeimhreadh a rinne an difríocht, a cheap sé.

'Nach cuma dhuit céard a cheapann aon neach,' ar seisean, faoi fhanacht ina theach, 'agus cinnte, is cuma liomsa.'

'Is aisteach an sórt duine tusa,' arsa Bidín, a cloigeann ar leathmhaig arís agus í ag breathnú go géar air. 'Bhfuil do mháthair beo?'

Chuir an cheist sin iontas air, ag teacht ag an

bpointe sin, ach d'fhreagair sé: 'Tá, buíochas le Dia.'

'Cén aois thú? Tá tú óg ag breathnú le bheith i do shagart.'

Chuimhnigh sé ar an rud a bhí ina intinn agus é ag scríobh an lá roimhe sin. Mórán an aois chéanna nuair a céasadh ár dTiarna, ach níor céasadh mise fós. 'Ceithre bliana déag is fiche atá mé.'

'Mórán comhaois le Síle,' arsa Bidín léi féin.

'Agus cé hí Síle?'

'M'iníon.'

'Ní raibh a fhios agam go raibh tú pósta ar chor ar bith.' Bhí aiféala ar an sagart a thúisce agus a bhí sin ráite aige. Aiféala air freisin nach raibh níos mó faighte amach aige fúithi roimh ré. Níor theastaigh uaidh í a ghortú le ceisteanna míthráthúla.

'Níl.' Bhreathnaigh Bidín san aghaidh air, féachaint an gcuirfeadh sé sin cruth eile, mar a dhéanfadh do shagairt nuair a bhí sise níos óige.

'Ní raibh a fhios agam tada faoi.'

'Níor inis siad é sin duit, chomh maith le chuile rud eile,' a dúirt Bidín leis go searbhasach.

'Níor chuir mé tuairisc ar bith.'

'Bhfuil tú ag rá nár airigh tú faoin sagart a léigh ón altóir mé?'

Ní raibh a fhios ag an sagart céard ba cheart dó

a rá. 'Rinneadh rudaí thar a bheith gránna in ainm Íosa Críost san am a caitheadh.' Bhraith sé a rá 'agus táthar dá ndéanamh fós,' ach lig sé le sruth cainte Bhidín. Bhí seanmóir an tsagairt aici focal ar fhocal, seanmóir a tugadh i mBéarla, teanga na sagart sa seansaol:

"You are aware, my dear people, that our Lord Bishop was among us a few days ago to confirm the children of the parish, and to do his visitation. His Lordship expressed his gratitude to me personally that there was no bastard born among us since his last visitation. But, my dear people, I am sorry to have to say that things are no longer the same. We have a striapach, a slut, a whore of Babylon in our midst. I curse you, Bridget Sarah John, yourself, and the bastard in your belly."

Is beag nach raibh guth agus canúint agus fearg an tsagairt i mbéal Bhidín agus an tseanmóir á haithris aici.

'Níor thug sé amach m'ainm i gceart fiú amháin,' a dúirt sí, ach bhí a fhios ag chuile dhuine. Bhí a fhios ag mo mháthair, go háirid. Bhuail sí le cos na scuaibe mé timpeall an tí, nuair a tháinig muid ón Aifreann.'

Bhí Bidín ag breathnú uaithi mar a bheadh imeachtaí an lae sin fadó os comhair a súl i gcónaí.

'D'fhág mé an baile an tráthnóna céanna. Ní

fhaca mé ní ba mhó iad, athair, ná máthair.' Tar éis tost beag, dúirt sí: 'Agus ní dheachaigh mé ag aon Aifreann ariamh ón lá sin ach an oiread.'

'Cé a chuirfeadh milleán ort?' a dúirt Beartla Mac Diarmada.

'Feicim a éadan dearg chuile oíche ag dul a chodladh dom.'

'Éadan an tsagairt?'

'Bhí cúr lena bhéal agus é ag cur uaidh.'

'Cén sagart a bhí ann?' Bhí go leor scéalta cloiste aige ó thainig sé chun an pharóiste faoi shagairt áirithe,' ach ní raibh cás ar bith ar chuala sé trácht air chomh dona leis an gceann seo. Ba mhinic a cheap sé gur mór an trua gurb é an chuimhne a bhí ag go leor daoine ar an duine ar ar thug siad 'teachtaire Dé ar an talamh,' nó gur drochshagairt seachas sagairt lácha a bhí iontu.

'Is cuma faoi anois,' a dúirt Bidín, 'ach níl oíche nach ndeirim paidir dhó.'

'Is naomh ceart thú, bail ó Dhia ort.' Shíl an Diarmadach go raibh an focal maiteach a dúirt sí ar cheann de na rudaí is deise a chuala sé ariamh.

'Ní déarfadh an bheirt a bhí anseo inné gur naomh mé,' arsa Bidín, aoibh an gháire ar a béal.

'Dá mbeadh a fhios acu na rudaí a d'inis tú anois dom, déarfadh. Má tá a leithéid d'áit agus Purgadóir ann, tá sé curtha díotsa cheana.'

'Ní raibh mé ag aon fhaoistin leis na cianta.'

'Ní theastaíonn sí uait, tar éis an mhéid a ndeachaigh tú tríd. Ach má tá aspalóid agus beannacht Dé uait, tabharfaidh mé an méid atá i lámha an tsagairt seo duit.'

'An ngabhfaidh mé ar mo ghlúine?'

'Fan mar atá tú. Ní call duit rud ar bith a rá. Is mó peacaí déanta i d'aghaidh nó mar a rinne tú féin ariamh.' Chuaigh sé anonn chuici, leag a lámh ar a cloigeann, dúirt sé na paidreacha, ag críochnú le comhartha mór na croise, 'tugaim maithiúnas duit i do pheacaí uilig, in ainm an Athar, agus an Mhic agus an Spioraid Naoimh.'

''Bhfuil mé beannaithe anois?' Thaispéain sí fiacla bána ina meangadh gáire, fiacla a bhí chomh maith sin gur cheap an sagart go bhféadfá cás a dhéanamh le chuile dhuine a chur ina gcónaí ar an bportach.

'Beannacht ar bith atá agamsa, tá sé agat, ach ní dheiseodh beannachtaí suas tí. Mura mhiste leat, déanfaidh mé tomhas garbh le go mbeidh a fhios agam an méid admhaid agus iarainn atá ag teastáil.'

'B'fhearr liom nach ngabhfá isteach sa teach.' Bhí náire ar Bhidín.

'Níl le déanamh agam ach siúl le taobh an bhalla, beidh tuairim mhaith ansin agam.'

'Ach níl aon airgead agam.'

'Tá neart airgid agamsa. Cá fhad ó chonaic tú sagart nach raibh neart airgid aige?' a dúirt sé. 'Ní as mo phóca féin atá sé ag teacht. Bíonn fáil ar airgead le foscadh a thabhairt do dhuine ar bith a bhfuil braon anuas orthu.'

'Nach diabhalta an sagart thú.'

'Is diabhalta cinnte,' arsa an Diarmadach, agus é ag gáire. 'D'aontódh go leor de na sagairt sa deoise leat. Deir cuid acu go bhfuil mé as mo mheabhair uilig.'

'Tuige?' ar sí.

'Rudaí difriúla a bhíonn ar siúl agam,' a dúirt sé, aiféala ag teacht air gur tharraing sé a shaol féin anuas ar chor ar bith. 'Déanaim rudaí ar mo bhealach féin, difriúil le go leor de na sagairt eile, an dtuigeann tú?'

'Cén sórt rudaí?'

'Táim le cur go príosún an chéad lá eile, mar shampla, mar nár íoc mé cáin bhóthair ar an seanveain sin, de bharr chomh dona is atá na bóithre fágtha ag an g*Council.*'

'Is aisteach an sórt duine thú,' arsa Bidín. Ní raibh a fhios aici ar cheart di gáire a dhéanamh nó a bheith in amhras faoi.

'D'fhéadfá a rá,' arsa an sagart. 'Is aisteach an sórt boic mé. Bhuel, tiocfaidh mé do d'iarraidh an t-am seo amárach, agus ní thógfaidh sé i bhfad orm ina dhiaidh sin an teachín a dheisiú.'

'Níl a fhios agam.' Chroith Bidín a cloigeann.

'Fágfaidh mé fút féin go huile agus go hiomlán é. Ach bheadh sé go deas é a bheith réitithe i gceart roimh an gheimhreadh.'

*   *   *   *

Bhí raic sa gcistin, Tigh Chofaigh, nuair a tháinig Seáinín Folan ar a ghluaisrothair le Jaqui a thabhairt chuig an gcladach. Bhí sé socraithe acu go ndéanfaidís cleachtadh iomraimh i gcomhair na rásaí.

'Níl tú ag dul ar an rud sin leis gan chlogad,' a dúirt Áine, 'nó cibé ainm a thugann siad ar na hataí cosantacha sin.'

'Níl i gceist ach míle bóthair, a Mham.'

'Sách fada le duine a mharú, nó a fhágáil ina chláiríneach ar feadh a shaoil. Tá an iomarca daoine maraithe nó gortaithe go dona sa gcloigeann ar na diabhail rothair sin le blianta beaga anuas.'

'Tógfaidh Seáinín go réidh é, a Mham. Níl aige ach Honda 50. Ní duine de na *Hells Angels* é agus Harley Davidson faoi.'

'Tabharfaidh mise ann thú sa jíp,' arsa a hathair, a chloigeann sáite sa nuachtán.

'Nílim ag iarraidh dul sa rud *fancy* sin. Ní *snob* mise.'

'Tá siúl na gcos agat,' ar seisean.

'Beimid sách tuirseach ag iomramh, gan a bheith ag siúl.'

'Is minic a shiúil . . .'

Ghearr Jaqui isteach ar a chaint. 'Is minic a shiúil tú chomh fada leis an mbaile mór. B'in í an tseanaimsir. Siod é an lá atá inniu ann.'

'Má fhaigheann tú *helmet*, gheobhaidh tú cead,' arsa a máthair. 'Nach n-aontaíonn tú liom, a Jeaic?'

'Feictear dom go bhfuil sé sin thar a bheith réasúnta, cé nach dtaitníonn gluaisrothair ar bith liom, agus níor thaitin ariamh.'

'Tá sibh chomh sean-aimseartha.' Faoina hanáil, arsa Jaqui *'Dry ould shites.'*

'Más fliuch nó tirim muid . . .' Rinne Jeaic iarracht rudaí a choinneáil éadrom, cé go raibh an ghráin aige ar chaint mar sin. 'Nílimid ag iarraidh timpiste a bheith agat. Tá an iomarca daoine maraithe ar na rudaí sin. Ar mhaithe leat féin atáimid.'

'Ní páiste mé. Táim seacht mbliana déag d'aois.'

'Nach beag a cheapfá,' a dúirt a máthair, 'agus peataireacht mar seo ort.'

'Tá chuile dhuine eile in ann . . .'

'Ní tusa chuile dhuine.' Áine a d'fhreagair.
'Má tá tú ag iarraidh a dhul ann, tabhair leat do
racer, nó siúl, no tabharfaidh mé féin nó do dhaid
ann thú. Ach níl tú ag dul ar an rud sin gan do
chloigeann a bheith sábháilte.'

'Óóóóó.' Bhí olc ar Jaqui. 'Bliain eile agus
beidh mé bailithe as an teach seo go deo, buíochas
le Dia.'

'Dá bhfeicfeadh an sagart a pheata anois,
cathaoirleach an Chlub, agus pus mór uirthi.'

'Tá níos mó tuisceana aige ná mar atá agaibhse
ar chaoi ar bith.' Dhún sí an doras de phlimp ag dul
amach di.

'Seandream . . .' ar sí le Seáinín. 'Bastard agus
bitse. Níl siad sásta mé a ligean in éindí leat gan
helmet. Tá siad chomh seanaimseartha.'

'Tá leigheas air sin.' Bhain sé de a chlogad
féin. 'Cuir ort é.'

'Agus céard fút féin?'

'Déanfaidh mise dhá uireasa. Sin leigheas ar an
scéal.' Shuigh sí suas ar an rothar taobh thiar de.
Chuala sí a máthair ag bualadh ar an bhfuinneog,
ach níor bhreathnaigh sí siar. As go brách leo beirt
ar an scútar. Bhí Áine ar buile nuair a chuaigh sí ar
ais chuig an gcistin.

'Sin deireadh léi sin agus lena Club,' ar sí le
teann feirge.

'Céard is féidir linn a rá?' a dúirt a fear. 'Chuaigh sí de réir na rialacha. Chaith sí an rud sin ar a cloigeann.'

'Tá tusa róbhog ar fad. Níl *helmet* ar bith airsean anois.'

'Ach ní linn é,' arsa Jeaic, ag dul ar ais chuig an bpáipéar.

Dheifrigh Áine amach go dtí an beár le rud a fháil le déanamh a mhaolódh ar a fearg.

*   *   *   *

Bhí Séarlas agus Angela amuigh ag iomramh le chéile cheana i gceann de na curachaí nuair a shroich Seáinín agus Jaqui an trá.

'Níl náire ar bith uirthi,' arsa Jaqui faoi Angela, a raibh a mionsciorta leathair á caitheamh aici sa gcurach. 'Shílfeá go gcuirfeadh sí *jeans* nó *jodhpurs* nó rud eicínt mar sin uirthi féin.'

'Ní hé an radharc is measa dá bhfaca mé ariamh é,' arsa Seáinín ag magadh.

'Má tá sí uait, bíodh sí agat.'

'Níor dhúirt mé go raibh sí uaim.'

'Tá *mini* agamsa freisin,' arsa Jaqui, 'ach ní chuirfinn orm sa gcurach é.'

'Ag an bpointe seo, b'fhearr liom an rás a bhuachan ná a bheith ag caint ar chosa na mban.'

Shocraigh Seáinín na maidí sa gcurach. Rinne
Jaqui dearmad miotóga a thabhairt léi, agus is gearr
go raibh a lámha ag éirí tinn, ceal cleachtadh ar na
maidí rámha le fada.

'Cén bhrí,' a dúirt sí, 'ach go raibh siad réidh
agam le tabhairt liom go dtí gur thosaigh an
seanlady ag cur uaithi faoin *mhotorbike*.' Bhain
Seáinín a stocaí de agus thug di iad.

'Cuir ort iad sin agus ní ghortóidh tú do lámha.'

'Murach an boladh bréan,' ar sí ag magadh.
Thit sí isteach ar rithim Sheáinín ar na maidí tar éis
tamaill. Rith siad cúpla rása i gcoinne an churaigh
eile, ach chríochnaigh Angela agus Séarlas fad
cúpla curach chun tosaigh orthu. Bhíodar sásta go
maith ina dhiaidh sin lena gcéad oíche ar an
bhfarraige le fada.

'Gabh i leith go mbeidh deoch agaibh. Táim
scrúdta leis an tart.' Bhí níos mó airgid ag Séarlas
ná mar a bhí ag an gcuid eile mar go raibh sé ar
scéim fostaíochta, tar éis dó an mheánscoil a fhágáil
i ndiaidh dó an Teastas Sóisearach a dhéanamh.

Bhí gluaisrothar aige a bhí i bhfad níos mó ná
an ceann a bhí ag Seáinín, agus bhí sé an-bhródúil
as a bheith in ann é a bhaint óna chéile agus chuile
rud a chur ar ais ina gceart arís, ceird a d'fhoghlaim
sé ar an scéim don óige.

'Níl aon phingin agamsa,' arsa Angela, 'ach tá

tart an diabhail orm ceart go leor.'

'Tá mise i dtrioblóid mo dhóthain ag baile cheana.' Chroith Jaqui a cloigeann.

Ní mórán dóchais a bhí ag Seáinín ach oiread. 'Ní thabharfadh Jeaic aon deoch dúinn. Tá sé an-ghéar faoin aois.'

'Á, foc Jeaic.' Tharraing Séarlas nóta deich bpunt as a phóca. 'Nílim ag caint ar dhul sa phub, ar ndóigh, ach le buidéal scrumpaí a fháil san ollmhargadh. Fanaigí liom anseo go fóill.'

Léim sé ar a ghluaisrothar, agus d'imigh sé uathu de choiscéimeanna rialta. Shuigh an triúr eile ar an gcé bheag ag fanacht leis. Bhí flagún mór ceirtlise aige nuair a tháinig sé ar ais.

'*Ladies first,*' ar sé, ag síneadh an bhuidéil chuig Angela. Bhain sí bolgam as, ach chuaigh an iomarca siar ina béal agus thosaigh sí ag casacht. Chaith sí an méid a bhí fágtha ina béal sa sáile.

'As ucht Dé, ná bí á chur amú. Tá sé sách daor.' Shín Séarlas an flagún chuig Jaqui ansin. Bhí sí idir dhá chomhairle. Níor mhaith léi tabhairt le fios nach raibh sí chomh dána leis an gcéad duine eile. Ach shíl sí go raibh dóthain trioblóide roimpi sa mbaile gan ól a bheith déanta aici. Thar aon rud eile ghoill sé go mór uirthi gur dhúirt Séarlas 'Foc Jeaic' faoina hathair.

'Níl tart ar bith ormsa níos mó,' ar sí. Chaith

79

Séarlas siar beagnach leath dá raibh sa mbuidéal in aon slog amháin sular thug sé do Sheáinín é. Ní raibh aigesean ach lán a bhéil.

'Ná bí i do *spoilsport*.' Shín Séarlas an buidéal chuig Jaqui arís.

'Nílim dhá iarraidh.'

'Is dóigh gur maighdean freisin thú?' Thug sé bualadh lena uillinn do Sheáinín a bhí suite in aice leis, ag ceapadh go raibh sé an-bharrúil.

'Tabhair dom an buidéal.' Shín Jaqui a lámh amach, mar a bheadh athrú intinne tagtha uirthi faoin deoch. Thug Séarlas an flagún anonn chuici. Chaith sí uaithi amach sa taoide é. 'Ní ghlacaimse le masla ó dhuine ar bith,' ar sí.

'Ó, foc . . .' Is mó spéis a bhí ag Séarlas ag an nóiméad sin ina dheoch ná sa chaint. Rith sé isteach sa sáile go dtí a bhásta, agus shábháil sé an buidéal, cé go raibh braon maith doirte as faoin am seo. Bhí an triúr eile sna trithí ag gáire faoi.

'Sin í an uair dheireanach agamsa deoch a cheannach.' Bhí olc air ag imeacht, Angela fágtha ina dhiaidh aige.

'Fágfaidh mé duine agaibh abhaile i dtosach, agus tiocfaidh mé ar ais ag iarraidh an duine eile ansin,' arsa Seáinín.

'Siúlfaimid,' arsa Jaqui. Ní raibh sí ag iarraidh Angela a ligean le Seáinín ar a ghluaisrothar.

'Tá mise róthuirseach le dul ag siúl tar éis a bheith ag iomramh chomh crua sin,' arsa Angela.

Ghéill Jaqui: 'Tabhair leat í sin i dtosach, mar sin, agus féadfaidh tú mise a phiocadh suas ar ball. Beidh cuid den bhealach siúlta agam.'

'Bím scanraithe ar na rudaí seo i gcónaí.' D'fháisc Angela a lámha timpeall ar bhásta Sheáinín.

'Cén fáth a dtéann tú air mar sin?'

'Is maith liom an *thrill*.'

'Striapach,' arsa Jaqui ina diaidh, 'cosa go tóin uirthi.' Níor thaitin léi go raibh éad mar sin uirthi lena cara. Ach nuair a chonaic sí na cosa fada thart ar thóin Sheáinín agus lámha Angela i ngreim air, bhí sí ar buile. 'Níl náire ar bith ar an mbitse.' Bhí sí ag éirí spréachta le Seáinín faoi go raibh sé chomh fada sin imithe nuair a chuala sí torann an ghluaisrothair.

'Céard a choinnigh moill ort go dtí seo?' a d'fhiafraigh sí de nuair a tháinig sé ar ais arís chuici.

'Ag rá '*bye bye*,' le hAngela, ar ndóigh.' Chaoch sé súil uirthi. 'Thóg sé tamall.' Bhí cumas grinn ann.

'Á, foc thú féin agus do *bhye bye*.' Thug sí poc spraíúil dó sa droim. 'Caithfidh tú an rud sin a thabhairt dom,' ar sí faoin gclogad, 'nó marófar sa

mbaile mise.' Ansin shuigh ar a chúl ar an scútar,
ag fáscadh a dá lámh timpeall air mar a bhí déanta
ag Angela.

'*Let's go.*' Scaoil sé leis an ngluaisrothair, ach
is ar éigean a d'éirigh leis iad a   thabhairt síos an
aird. 'Fan go bhfaighidh mé *Harley Davidson*,' a
dúirt sé.

Bhí áthas ar Jaqui nuair a chonaic sí go raibh an
Range Rover taobh amuigh den ósta. Ní raibh a
hathair chomh dian uirthi agus a bhí a máthair. Ba í
a pheata í i ndáiríre. Sheas sé léi beagnach i gcónaí.

'Cleachtadh arís tráthnóna amárach?' arsa
Seáinín, ag glacadh leis an gclogad ar ais uaithi.
Chaith sí póg leis, agus chuir sí a hordóg in airde.
'*OK.*'

Mar a bhí sí ag súil leis, bhí a máthair fós ar
buile. Lig Jaqui an chaint isteach i gcluas amháin
agus amach an chluas eile, a hintinn dírithe ar
Sheáinín, í ag déanamh iontais an raibh sí i ngrá
leis.

'Sin deireadh le do chuidse iomraimh, a
chailín,' a bhí a máthair ag rá léi. 'Murach an
sagart bheadh deireadh leat sa Chlub sin freisin. Tá
an Teastas Sinsearach le déanamh agatsa ag
deireadh na bliana, faitíos go ndéanfá dearmad air!
Tá sé thar am agat tosú ag obair lena haghaidh.
''Bhfuil tú ag éisteacht liom?'

Chroith Jaqui a guaillí.

'An fhad is a bheas tú faoi dhíon an tí seo, déanfaidh tú an rud a déarfar leat. Is féidir leat do rogha rud a dhéanamh ina dhiaidh sin.'

Thosaigh an seanfhear thuas staighre ag bualadh an urláir lena mhaide.

'*Á, shut up.*' Bhreathnaigh Áine suas ar an tsíleáil, olc uirthi. 'Gabh suas, a Warren, go bhfeicfidh tú céard 'tá uaidh.'

'Déarfainn go bhfuil an bhéicíl ag cur isteach air,' arsa Jaqui go ciúin.

'Níl aon fhoighid agamsa le do chaint *smartalecky.*'

'Ba mhaith liom a fháil amach céard tá déanta as bealach an uair seo agam,' arsa Jaqui, ar nós go raibh a máthair go mór anuas uirthi i gcónaí.

'Céard dúirt muid leat faoin scútar gránna sin?' arsa Áine.

'Gan dul air gan *helmet.*'

'Chuaigh tú leis ar an rud sin gan chead.'

'Dúirt tú féin agus Daid go bhféadfainn dul ar an ngluaisrothar, ach *helmet* a bheith orm. Agus bhí.'

'Ní raibh aon chlogad airsean.'

'Níl aon riail sheafóideach mar sin acu ina theach seisean,' arsa Jaqui. 'Ní bhreathnaítear air mar pháiste.'

'Níl mé ag iarraidh aisfhreagraí mar sin a chloisteáil uait. An fhad is atá tú faoi dhíon an tí seo . . .' Bhreathnaigh Jaqui suas ar leataobh ag an tsíleáil, mar a bheadh sí ag rá 'Cá fhad ó chuala mé é sin cheana?' Tuilleadh oilc a chuir sé sin ar a máthair.

'Bíodh múineadh ort. Níl deireadh an scéil seo cloiste go fóill agat. Fan go dtiocfaidh d'athair isteach ón mbeár.'

'Céard a dhéanfaidh sé? Mé a bhualadh?'

'Bí cúramach,' a dúirt Áine trína fiacla léi.

'Céard tá anois ort?' Rinne Jaqui iarracht ar í a chur ar buile tuilleadh: 'An é do *pheriod* é, nó céard? Tá tú ar nós na drise ó mhaidin.'

'B'fhéidir gur ortsa atá sé, an t-am den mhí.'

'Cén chaoi a mbeadh, agus mé suas an *phole* cheana?'

Bhreathnaigh a máthair go géar uirthi. Thosaigh Jaqui ag gáire: 'Faraor nach bhfuil. Bheadh údar ceart cainte ansin agat.'

'Tá go leor le foghlaim agatsa fós,' a dúirt Áine. 'Shíl muid nuair a bheifeá seacht déag go mbeifeá ar nós duine fhásta. Ach tá tú níos páistiúla ná mar a bhí ariamh. Is mó ciall atá ag Samantha ná mar atá agatsa.'

Níl a fhios agamsa cad tá ag dó na geirbe agat,' a d'fhreagair Jaqui. 'Níor dhúirt mise tada as bealach. Ar aon chaoi tháinig mé abhaile slán sábháilte.'

'Nach bhfuil obair bhaile ar bith le déanamh agat?' Bhí Áine ag éirí tuirseach den argóint.

'Ní féidir liom aon cheo a dhéanamh agus tusa ag tabhairt amach dom. Bheadh sé mímhúinte.'

Bhí ciúnas ann a d'fhéadfá a ghearradh le scian as sin go dtí am suipéir, Jaqui, Warren agus Samantha i mbun staidéir timpeall an bhoird sa seomra suí. Bhí Áine ag réiteach an tae. Thóg Warren áit a athar sa mbeár an fhad is a bhí Jeaic ag ithe. Bhí dóthain cloiste aigesean faoi imeachtaí an tráthnóna.

'Fágfaidh mise ag an gcé gach lá sa *Rover* thú,' a dúirt sé le Jaqui, 'agus tiocfaidh mé do d'iarraidh arís. Leigheasfaidh sé sin an scéal.'

'Ach níl sí ag iarraidh dul i do veain ghalánta,' arsa Áine. Rinne sí aithris ar Jaqui 'Ní *snob* mise, bíodh a fhios agat.'

Bhí Jaqui réidh le géilleadh: 'Má fhágann Daid síos muid mar sin . . .'

'Tá sé socraithe mar sin.' Réiteach agus suaimhneas intinne a theastaigh ó Jeaic.

'Níl tada socraithe,' arsa Áine. 'Bhí Jaquilín mímhúinte, agus thar a bheith mímhúinte liomsa.'

Níor thug sí Jaquilín ar a hiníon ach amháin nuair a bhí sí oibrithe léi.

'Níor inis sí aon bhréag.' Chuir Jeaic a chos ann arís. 'Bhí *helmet* uirthi, a cloigeann sábháilte. Is é gnaithe na Folans cloigeann seisean.'

'Seasfaidh tusa léi. Peata Dhaide a bhí ariamh inti.'

'Ní ceart ná cóir é sin a rá,' ar seisean. 'Cé acu is páistiúla anois, muide nó na gasúir?'

'Ní fheiceann tusa ach taobh amháin den scéal.'

'Níl ann ach taobh amháin.' Labhair Jeaic níos airde, go dtí gur chuimhnigh sé ar a chustaiméirí. 'Nílimse ag tógáil páirte ar bith. Bhí cead ag Jaqui dul ar an scútar, ach clogad a bheith uirthi. Bhí sin uirthi. Sin sin. QED. Loighic.'

'Tú féin is do loighic. Is féidir leat an fhírinne a lúbadh bealach ar bith a thograíonn tú. Déan tusa gach cinneadh níos mó, ach má thagann sí ar ais i gcónra de bharr an scútair sin is ar do chloigeann a bheas sé.'

'*Sorry, sorry, sorry.*' Sheas Jaqui suas, í beagnach ag béiceach, 'Tá brón orm faoi chuile rud. Gabh mo leithscéal as a bheith beo.' Thosaigh sí ag caoineadh. Chuaigh Áine anonn chuici agus chuir a lámh timpeall uirthi. 'Tá sé ceart. Tá sé ceart, tá chuile shórt ceart.'

'*Sorry*, a Mham.' Thug siad barróg dá chéile.

'Mná,' arsa Jeaic, agus é ag breith ar pháipéar an tráthnóna, a chloigeann á chroitheadh aige.

'Ní maith liomsa béiceach,' a dúirt Samantha nuair a bhí an chistin ciúin, agus thosaigh an triúr eile ag gáire. 'Ní maith le ceachtar againn é.' Chuir Áine a lámh timpeall uirthi. 'Ní bheidh aon bhéiceach ann arís.'

'Go deo?' a d'fhiafraigh Samantha.

'Go dtí an lá amárach ar aon nós,' arsa a mháthair.

* * * *

Chaith an Coiste Sóisialta os cionn leathuair an chloig ag plé cé acu na soithí ab fhearr le húsáid i gcomhair na mbéilí reatha. Dúradh go raibh an scragall stáin a bhí acu go dtí sin ag cosaint an iomarca, ach níos measa ná sin, bhítí á gcaitheamh amach timpeall na dtithe, ag tarraingt luchóg agus francach, gan trácht ar an droch-chuma a bhí orthu mar bhruscar.

'Ba chuma,' arsa an Cathaoirleach, 'dá mba stuif nádúrtha a ghabhfadh ar ais sa talamh a bhí iontu, ach ní lobhfaidh scragall stáin go deo.'

Shocraigh siad tar éis plé fada plátaí alúmanaim agus clúdaigh orthu, mar a bhíonn ag an arm, a úsáid agus iad a bhailiú lá arna mhárach le haghaidh níocháin. Bheadh ceann ag dul amach chuig gach duine gach lá, ceann eile ag teacht ar ais.

''Bhfuil sibh ar fad sásta?' arsa Cathaoirleach an Choiste, Seán Ó hOdhráin, Ardmháistir na scoile. Ní raibh gíog as aon neach. Shocraigh sé a spéaclaí ar a shrón, agus bhreathnaigh ar an gclár:

'Anois go bhfuil sé socraithe againn na soithí alúmanaim a fháil do na béilí reatha,' ar sé, 'níl fanta ar an gclár ach aon mhír amháin.'

Bhreathnaigh sé san aghaidh ar chuile dhuine den Choiste sular luaigh sé céard a bhí le plé: 'Bidín Shaile Taim.'

Shuigh sé siar ina chathaoir. 'Tá a fhios ag madraí an bhaile céard a tharla an lá cheana nuair a chuaigh beirt den choiste seo, Áine agus Mairéad amach chuici. Caitheadh clocha agus salachar, gan trácht ar eascainí agus mallachtaí leo.'

Bhain sé de a chuid spéaclaí. 'Thar ceann an choiste ba mhaith liom buíochas a ghlacadh leo i dtosach as dul chuici, agus leithscéal a ghabháil freisin as an drochíde arbh éigean dóibh cur suas léi ó bhéal na mná brocaí sin. Mholfainn féin gan bacadh léi níos mó. Fuair sí chuile sheans.'

'Níor cheap muide tada de.' Ní raibh Áine ag iarraidh scéal mór a dhéanamh de. Tar éis machnamh a dhéanamh ar an scéal le cúpla lá, shíl sí gur tábhachtaí rud eicínt a dhéanamh ar mhaithe le Bidín ná aird a dhíriú ar an gcaoi ar chaith sí leo.

D'aontaigh Mairéad léi: 'Níl sí leath chomh

dona is atá daoine ag rá. Bheadh trua agat di. Dá bhfeicfeá . . .'

'Ceapaim gur cheart í a chur chun bealaigh.' Nóra Uí Choileáin a labhair amach go lom díreach, bean an dochtúra. 'Bhí sí ródhána amach is amach.'

'Nár tharraing muid orainn féin í.' Rinne Mairéad beag is fiú den ionsaí a rinne Bidín orthu ar an bportach: 'Nach bhfuil cead ag chuile dhuine a áit féin a chosaint tar éis an tsaoil?'

'Níor cheart duine ar bith a chur chun bealaigh mura bhfuil siad tinn ar aon chaoi.' D'aontaigh Áine lena cara. 'Bhí an iomarca de sin ann san aimsir a caitheadh.'

'Ach ceapaim go bhfuil sí tinn,' arsa Nóra. 'An rud is measa faoi ná nach bhfuil an dochtúir féin in ann duine a chur chun bealaigh gan saighneáil ó neasghaol an duine sin, is é sin go dtí go mbíonn dochar eicínt déanta. Níl duine muinteartha ar bith ag Bidín, go bhfios dúinn, ach tá dóthain déanta aici lena cur soir.'

'Thiocfainn leat,' arsa an Cathaoirleach, 'chaith sí clocha leis na mná seo.'

'B'fhéidir gur chaith sí caorán móna nó daba créafóige,' arsa Mairéad. 'Ní leor é sin le duine a chur i dteach na ngealt.'

'Ní bhrisfeadh daba créafóige fuinneog an

89

chairr.' Bhí a fhreagra ag Seán di. 'Nach bhfaca mé jíp s'agaibhse tráthnóna?'

'Tá marc beag air.' Ní raibh Áine ag iarraidh scéal mór a dhéanamh den *Range Rover,* agus an coiste seo in ainm 's a bheith ag cuidiú leis na boicht.

'Nach sibh atá trócaireach, bail ó Dhia oraibh,' arsa Nóra. 'Ach is féidir le daoine a bheith róbhog freisin.'

'Is fíor dhuit, a Nóra.' D'aontaigh Seán léi. 'Dá ligfinnse leis na gasúir scoile, mar shampla, shiúlfaidís orm.'

'Is fada ó bhí Bidín ina ghasúr scoile,' arsa Áine go géar.

Labhair an sagart amach ansin le haighneas a sheachaint. 'Bhí mise ar cuairt chuig Bidín ó shin.'

'Dáiríre, a athair?' arsa Nóra agus iontas uirthi. 'Agus cén chaoi ar chaith sí leat?'

'Bhí píosa breá comhrá againn. Bhí sí neirbhíseach i dtosach, ar ndóigh . . . mar a bhí mé féin. Ach de réir a chéile . . . Ní cheapaimse go bhfuil sí tinn, ná gur gá í a chur chun bealaigh, mar atá daoine ag rá.'

'Níl aon mharc ort ar chaoi ar bith, a Bheartla.' Rinne Mairéad magadh.

'Ná ar Bhidín ach an oiread,' a d'fhreagair an sagart.

'Agus níor chuir sí mallacht ar bith ort?'

'Deamhan mallacht, a Áine. Thuig mé a cás tar éis dom a bheith ag caint léi, agus tar éis dom an bothán suarach a fheiceáil. Bhí sí scanraithe an lá cheana.' Chuimhnigh sé air féin. 'Ach níorbh iad Áine agus Mairéad a scanraigh í, ar ndóigh. Ní raibh aon duine i ngar di nó in aice léi le fada an lá. Níl aon chleachtadh aici ar dhaoine ag dul ar cuairt chuici.'

'Huth, muna bhfuil.' Chuir Nóra cuach aisti. 'Níl cleachtadh aici ar an mbothántaíocht – ar chomhluadar ban . . .'

Bhreathnaigh an sagart uirthi. 'Céard tá tú ag cur ina leith, a Nóra?'

'Tá a fhios agam gur duine neamhurchóideach thú, a athair, ach ní fhéadfá a bheith chomh *hinnocent* sin. Tá a fhios ag an saol mór go mbíonn fir ag dul chuig an mbean sin san oíche. Ní rún ar bith é.'

'B'fhéidir gurb in a scanraigh í,' arsa an Cathaoirleach, 'nuair a chonaic sí mná ag teacht chuici.'

'Cén fáth a scanródh sé sin í?' arsa Mairéad.

'Dá mbeadh fir ag dul chuici san oíche, bheadh sé ag luí le réasún go mbeadh mná ag teacht sa lá.' Bhí a fhios aige nach raibh an rud a bhí á rá aige an-soiléir:

'Le díoltas a bhaint amach, an dtuigeann tú mé?'

'Ní thuigim.' Thuig Áine go maith, ach bhí sí ag iarraidh go ndéarfadh sé amach díreach céard a cheap sé i ndáiríre. 'An é atá tú ag rá ná go mbíonn na fir s'againne ag dul chuig Bidín san oíche?'

Chuimhnigh sí ag an nóiméad sin ar ar dhúirt Bidín faoi na Cofaigh. Ar feadh soicind smaoinigh sí go raibh a fhios ag chuile dhuine acu rud eicínt faoi Jeaic nach raibh ar eolas aici féin. Ach cá bhfaigheadh sé an t-am chuige sin agus é ag obair ó dhubh go dubh.

'Ní déarfainn a leithéid de rud, a Áine,' a d'fhreagair Seán, agus rinne sé a mhíthapa arís: 'Nach bhfuil a fhios agat go maith nach ngabhfadh Jeaic ná Máirtín i ngar dá leithéid – bean bhrocach.'

'Ach ní chuirfeá tharstu dul chuig bean ghlan.'

'Tá a fhios agat nach in atá i gceist agam, a Mhairéad. Táimid ag imeacht ón bpointe anois.'

'Ní chreidim go mbíonn fear ar bith ag dul chuici,' arsa an sagart.

'Á, feiceann tusa an taobh maith de chuile dhuine, a athair.' Thug Nóra le fios gur cheap sí nach raibh a fhios aige mórán faoin saol réadúil.

Tháinig Mairéad leis an méid a bhí ráite ag an sagart. 'Má tá Bidín á dhéanamh sin, caithfidh sé go bhfuil sí á dhéanamh thar a bheith saor, mar ní fhaca mé duine ar bith ariamh chomh bocht léi.'

'Cén áit a gcaitheann sí an t-airgead seo uilig a fhaigheann sí ó na fir?' arsa Áine. 'Ní chaitheann sí pingin ar bith sa siopa sin againne, nó i siopa ar bith eile, go bhfios domsa.'

'B'fhéidir nach airgead a fhaigheann sí as, ach ól, seacláid, babhtáil den chineál sin, tá a fhios agat.' Bhí Nóra ar a míle dícheall ag iarraidh a chruthú go raibh striapachas ar siúl ag Bidín.

Bhreathnaigh Seán ar a uaireadóir. 'Tá an t-am ag sciorradh uainn. Moltaí atá uaim, a chairde. Céard táimid ag dul a dhéanamh?'

'Tá Bidín toilteanach go gcuirfí caoi ar an teachín beag. Mholfainnse go n-íocfadh an coiste seo as sinc agus admhad, leaba agus sornóg bheag di.' Beartla Mac Diarmada a rinne an moladh.

'Tacaím le moladh an tsagairt,' arsa Áine.

'D'fhéadfaimis an t-airgead a fháil ar ais ón gComhairle Contae,' arsa Mairéad. 'Is é an príomhrud ná go mbeadh an obair déanta roimh dhrochaimsir an gheimhridh.'

'Cá mbeidh Bidín nuair a bheidh an obair seo ar siúl?' arsa Nóra.

'Tá cúpla seomra folamh i mo theachsa,' arsa an sagart. 'Thug mé cuireadh di agus tá sí sásta fanacht ann.'

Bhreathnaigh Nóra air: 'An é atá á rá agat, a athair ghroí, go mbeidh bean a bhfuil drochcháil mar sin uirthi ag fanacht i dteach an tsagairt?'

'Nach raibh cáil mar sin ar Mháire Mhaigdiléana?' arsa Áine, 'agus bhí ár dTiarna an-mhór léi.'

'Ní raibh sé mór mar sin léi,' arsa Nóra Uí Choileáin, le cinnteacht. 'Céard a déarfas an t-easpag faoi seo?'

'Ní déarfaidh sé tada, mar ní bhaineann sé leis.' Níor chuir dearcadh an easpaig ar an gcás aon imní ar an sagart, mar gur thacaigh sé leis i gcónaí.

Labhair Nóra amach go lom díreach: 'Bainfidh sé leis má fhanann an striapach sin faoi dhíon do thíse.'

Bhí ruaille buaille ag an gcruinniú ar feadh cúpla nóiméad. Bhí an sagart ag iarraidh go dtarraingeodh Nóra siar a ráiteas. Bhí Mairéad ag iarraidh go gcuirfí sna miontuairiscí é, 'ar fhaitíos go mbeadh Bidín ag iarraidh cás clúmhillte a thógáil.' Bhí Seán Ó hOdhráin ag bualadh an bhoird, ag iarraidh ciúnais, agus gan aird ar bith á tabhairt air.

Rinne Áine achainí air ord a chur ar an gcruinniú. Bhí Nóra suite siar fad a bhí an raic ar siúl, í ar a suaimhneas, sásta inti féin go raibh an chuid eile curtha trína chéile aici. Chreid sí go láidir go mbíodh Mairéad, Áine agus an sagart ag

94

taobhú lena chéile ag na cruinnithe, beagnach i gcónaí.

'Éist, éist, éist . . .' Éisteadh leis an gCathaoirleach ar deireadh. 'Tá moladh os ár gcomhair,' a dúirt sé, 'go n-íocfadh an coiste seo as caoi a chur ar theachín Bhidín Shaile Taim.'

'Agus an mbeidh Maigdiléanach Shaile Taim ag fanacht i bhfad i dteach an tsagairt?'

Chaith Nóra spóla eile isteach ina measc sula raibh am ag an Odhránach an moladh a chur ar vóta. 'Tríd an gcathaoir, ar ndóigh,' ar sí, nuair a bhain seisean na spéaclaí de. Bhreathnaigh sé uirthi mar a bheadh sé ag déileáil le dalta scoile a bhí dána. D'fhreagair an sagart Nóra chomh searbhasach céanna is a labhair sí féin:

'Ní hí Bidín Shaile Taim an tsamhail atá agamsa den Mhaigdiléanach, a Bhean Uí Choileáin. Bheadh sí i bhfad róshean agam.'

'Anois, anois, foighid, a chlann.' Rinne Seán iarracht ar an teannas a bhaint as an gcruinniú. 'Is gearr go mbeidh sé in am againn deireadh a chur leis an gcruinniú seo.' Bhreathnaigh sé ar a uaireadóir. 'Caithfidh muid a bheith amuigh as seo ag leathuair tar éis a deich.'

'Tuige? a d'fhiafraigh Áine de.

'Mar go ndúnann an teach ósta ag a haon déag sa gheimhreadh,' a d'fhreagair Mairéad.

'Mar go bhfuil lá scoile le déanamh agamsa amárach,' arsa an Cathaoirleach trína fhiacla, olc air: 'Agus ag daoine eile nach mé.' Bhreathnaigh sé ar Mhairéad. 'Mar atá ráite agam, tá moladh déanta, agus cuiditheoir leis.'

'Cén fáth nach fear ceirde atá á fháil againn leis an obair a dhéanamh?' arsa Nóra. 'Nach bhfuil neart acu sin dífhostaithe?'

'Níl sí sásta aon duine a ligean in aice leis an áit, ach mise,' arsa an sagart.

Ní raibh bean an dochtúra ag ligean leis: 'Obair an pharóiste a bheas thíos leis.'

Chosain an sagart é féin: 'Beidh a fhios ag an bpobal cá bhfuil teacht orm. Má bhíonn glaoch ola nó práinn mar sin ann, ní bheidh mé i bhfad ó bhaile. Tógfaidh mé mo laethanta saoire oifigiúla lena dhéanamh, más gá sin.'

'Tá do shaoire ag dul duit. Teastaíonn saoire ó chuile dhuine,' arsa Nóra. 'Ná bí ag caint seafóide mar sin.'

'Ní mórán daoine atá in acmhainn saoire a thógáil thart anseo, agus cén fáth a mbeinnse ag dul in aon áit? Do lucht na meánaicme agus do na daoine uaisle atá saoire ann, feictear domsa.' Bhreathnaigh an sagart air féin mar shóisialaí radacach.

'Cá mbeadh an eaglais gan an mheánaicme?'

arsa Nóra. 'Nach iad cnámh droma na heaglaise chuile áit iad?'

'B'fhéidir gurb in é an fáth a bhfuil an eaglais mar atá sí, go bhfuil lucht oibre na gcathracha ar fad caillte aici.'

'Is baill den mheánaicme chuile dhuine againn anseo.' Bhreathnaigh Nóra timpeall an bhoird. 'Tú féin san áireamh, a Athair.' Bhfuil aon mhasla eile agat dúinn, crainn thaca do pharóiste, an fhad is atá tú ag caint?'

'Ní chuirfinn bean uasal mar thusa san áireamh nuair a chaintím ar an meánaicme, a Bhean Uí Choileáin,' arsa an sagart. 'Uasalaicme an rud is lú a thabharfainn ar d'aicmesean.'

Bean dhathúil sna caogaidí í Nóra. Chaith sí siar a cloigeann ag gáire faoin rud a dúirt an sagart. 'Rugadh agus tógadh mise níos boichte ná aon neach anseo, ach ní gá d'aon duine fanacht sa bpuiteach.'

'An bhfuil seans ar bith,' arsa Seán Ó hOdhráin, 'go bhféadfaimis an rún atá ar an gclár a phlé, agus an cruinniú seo a thabhairt chun críche?'

Ritheadh an rún ar deireadh agus ghlac an coiste leis an gcúram go n-íocfaidís as na costais a bhain le deisiú theachín Bhidín.

Nuair a bhí Seán agus Nóra imithe, d'fhiafraigh an sagart den bheirt eile: 'Ar mhiste libh Bidín a thabhairt chuig an mbaile mór agus éadaí cearta a fháil di?'

'Mura n-ionsaíonn sí arís muid,' arsa Áine.

'Tá sí an-nádúrtha nuair a chuireann tú aithne uirthi. Ní cheapfá go raibh sí scartha amach ón bpobal ariamh.'

'Ní féidir í a thabhairt isteach in aon siopa mar atá sí.' Bhí Mairéad ag smaoineamh os ard.

'Insint na fírinne,' arsa an sagart, 'níor chuimhnigh mé ariamh ar sin.'

'Nach féidir linn éadaí dár gcuid féin a thabhairt di go bhfaighidh sí balcaisí nua?' arsa Áine. 'Cén fáth nach n-iarrann muid ar an dream óg ón gClub í a thabhairt chuig an mbaile mór? Dhéanfadh sé maith dóibh a bheith páirteach i rud mar seo.'

'Dhéanfadh sé maith do Bhidín freisin, is dóigh, tamall a chaitheamh i gcuideachta na ndaoine óga.' D'aontaigh an sagart léi.

'Fágfaidh mé roinnt éadaí ag do theach ar mo bhealach chun na scoile ar maidin,' arsa Mairéad. 'Ní fhéadfaimid Bidín a ligean don bhaile mór i sciorta an tsagairt ar chaoi ar bith.'

* * * *

Bhí Bidín Shaile Taim léi féin i dteach an tsagairt nuair a bhí seisean amuigh ag cruinniú na

seirbhísí sóisialta. Bhí folcadh aici tar éis teacht ón
bportach, agus shuigh sí i gcathaoir mhór bhog ar
aghaidh na tine amach agus fallaing sheomra de
chuid an tsagairt uirthi. Thairg seisean go
bhfágfadh sé an teilifís ar siúl di. Ach níor
theastaigh sé sin uaithi, sórt drogaill uirthi fós
roimh fhearais leictreacha.

Bhí sí tuirseach, seanchleachtadh aici anois leis
na blianta dul a chodladh le titim na hoíche. Thit sí
ina codladh ar an gcathaoir. Ní raibh a fhios aici cá
raibh sí ar feadh tamaill nuair a dhúisigh sí. Ansin
a thug sí faoi deara cé a bhí sa phictiúr roimhe
amach an sagart a léigh ón altóir í na blianta fada ó
shin!

Sheas Bidín. Bhreathnaigh sí go géar ar an
bpictiúr. 'Tá tú ann,' ar sí. 'Nach deacair a
chreidiúint anois go raibh tú in ann na croíthe a
chur trasna sna daoine fadó. Ionamsa, ar chaoi ar
bith.' Chuimhnigh sí ar an mallacht a chuir an
sagart uirthi, 'ort féin agus ar ghin do bhroinne.'
Smaoinigh sí: 'Níor éirigh leat m'ainm a fhógairt i
gceart, ach ní hin le rá nár éirigh le do mhallacht
ghránna.'

Bhreathnaigh sí ar na pictiúir eile, pictiúr de
chuile shagart a chónaigh sa teach go dtí sin.
Tháinig sí ar ais arís chuig an gcéad cheann: 'Nach
tú atá ciúin anois, d'éadan bán, dath an bháis ort.

An ndeachaigh do mhallacht sa talamh leat? Cén fhad a mhaireann mallacht? Seacht mbliana a déarfaidís, nuair a bhrisfí scáthán. Ach mallacht an tsagairt, an mbíonn deireadh go deo leis?'

Chuimhnigh Bidín ar sheanfhocal a bhíodh ag a muintir faoi na sagairt: Ná bí leis agus ná bí ina aghaidh, tabhair a chuid féin dó agus fan uaidh. 'Bhuel, fanfaidh mise uait ar chaoi ar bith.' D'fhéach sí ar an gcéad phictiúr eile. 'Is cuimhneach liom thusa, an sagart lách, an tAthair Tommy.' Thugadh sé sin milseáin chuig an scoil.

Chuaigh Bidín siar ar bhóithríní na smaointe: 'Sagart na scéalta. Scéalta faoi Íosa. Scéalta áilne. Sheasfá sa sneachta ag éisteacht leatsa. Bhí guth álainn agat, ar nós Íosa é féin.' Ba chuimhneach léi gur cheap sí gur bhain dath órga mhéara an tsagairt le hola bheannaithe de chineál éicint, go dtí gur dúradh léi gur toitíní ba chúis leis.

Rinne sí iarracht rudaí a mhíniú d'iníon a samhlaíochta: 'Níl gach sagart gránna, a ghrá. Tá sagairt lácha chomh maith le drochshagairt ann. Ní bhíonn siad ar fad ag béiceach agus ag cur mallachtaí uathu. Thaitin liomsa gabháil chuig an Aifreann fadó, aimsir an Athar Tommy. Bhíodh paidrín agam a chuir capall s'againne i gcuimhne dom, capall dubh le héadan bán. Bhí Íosa bán ar chros mo phaidrín, agus chaithfeadh sé an tAifreann ag dul thar chlaíochaí.'

Rinne Bidín gáire faoin am fadó agus í ar a bealach amach chun na cistine. Bhí sí ag iarraidh cuimhneamh ar an mbealach a dúirt an sagart léi an tae a dhéanamh: 'Cuir an mála sa chupán . . .' Ach cá raibh na cupáin? Ansin a thug sí faoi deara na miotóga rubair ar an gcuntar. Tharraing sí uirthi iad. 'Á, nach deas iad, a Shíle.'

*   *   *   *

'Cloisim nach bhfuil an fear thuas ar fónamh.' Máirtín Bheartla Taim a bhí ag caint, é ag imirt cártaí le Taimín Taim Dharach ar aghaidh na tine i mbeár Jeaic Chofaigh. 'Bhí an sagart chuige an lá cheana.'

'Shíl mé go raibh sé básaithe fadó,' arsa Tadhg Ó Cearnaigh.

'John Cofaigh?' Bhí an-iontas ar Mháirtín.

'Ní hé, ach an fear thuas.' Ag magadh a bhí Tadhg arís. 'Táthar ann a cheapann gur ar a laethanta saoire atá sé, daoine eile a deir nach raibh sé ann ariamh.'

'Céard faoi a bhfuil sé ag caint?' arsa Taimín Taim Dharach.

'Deamhan a fhios agam,' arsa Máirtín. Ní raibh sé ag iarraidh tabhairt le fios dho Thaimín gur Dia a bhí i gceist ag Tadhg. Bheadh sé gortaithe, ag ceapadh gur diamhasla a bhí ann. 'Ach is ar an bhfear thuas staighre a bhí mise ag caint, an sean-Chofach.'

'Ní raibh mórán ar an seanleaid, ceapaim. Nach mbíonn an sagart ag dul thart chuig a leithéid go minic? An-fhear comaoineach a bhí sa sean-Chofach ariamh. Nach é a bhíodh os cionn an *sodality,* sular cuireadh deireadh leis.'

'Is deacair an drochrud a mharú,' Bhí Tadhg ar stól ard ag an gcuntar, ag breathnú trasna ar an mbeirt eile agus iad ag imirt.

'Ná cloiseadh Jeaic thú,' arsa Máirtín, ag leagan cárta ar an mbord beag a bhí socraithe idir é féin agus Taimín. Tar éis tamall chuir sé a lámh ar a chroí agus ar sé: 'Níl an *ticker* rómhaith aige le fada.'

'Nach ar *bhattery* atá a chroí ag imeacht leis na blianta.' Roinn Taimín na cártaí. 'Tá go leor daoine thart anseo ag imeacht ar na *batteries* céanna.'

' 'Bhfuil sibh ag rá liom gur tháinig siad ar chroí nuair a d'oscail siad an sean-Chofach,' arsa Tadhg.

'Fuist, nó beimid ar fad beáráilte.' Shíl Máirtín nach bhféadfadh tada níos measa ná sin a tharlú dó.

Tháinig Tadhg anall agus thosaigh sé ag cuartú i seanbhosca in aice na tine.

'Céard sa diabhal atá uait?' arsa Taimín.

'Píosa páipéir. Nach bocht an teach ósta é nach bhfuil in acmhainn páipéar níos boige ar an tóin ná an stuif seo a chur ar fáil?' Thóg sé aníos píosa de nuachtán.

'B'fhéidir go bhfuil stuif níos boige sna *ladies*.'

'Nach maith go bhfuil a fhios agat, a Mháirtín go bhfuil stuif níos boige sna *ladies*?' Gháir Tadhg. 'Ar inis mé ariamh don bheirt agaibh faoin oíche shamhraidh úd, a rinne mé féin *shortcut* isteach i leithreas na mban, ag ceapadh go mbeadh mo ghnaithe déanta sula mbéarfaí orm?'

'Níor inis,' arsa Máirtín, 'ach táim cinnte go bhfuil tú ag dul á insint anois.'

'Nach raibh an cailín Gearmánach seo istigh romham?' Rinne sé aithris ar dhuine ón iasacht ag labhairt i mBéarla. *'Dis is for de ladies'*, a deir sí. Nach lena n-aghaidh atá mo ghléas féin, arsa mise. *'This is for the ladies too.'*

'Gabh siar . . .' Chroch Máirtín a lámh, ag ligean air go raibh sé le Tadhg a bhualadh, agus é ag imeacht i dtreo an leithris is gach aon gháire uaidh.

'Rinne John Cofaigh go leor do na daoine bochta thart anseo.' Bhí Taimín ag caint agus é ag déanamh staidéir ar a chártaí nua. 'Is iomaí bille a fágadh ar an *slate* aimsir an drochshaoil nuair nach raibh an chianóg rua ag daoine.'

'Fuair sé chuile phingin ar ais, agus tuilleadh lena chois.'

'Níor fhág sé ocras ar dhuine ar bith ina dhiaidh sin.'

'Ach is iomaí gabháltas a fuair sé an-saor, le *slate* a ghlanadh. Nach mar sin a rinne sé a shaibhreas, go raibh sé in ann an áit seo a thógáil.'

'*For this relief, much thanks,* mar a dúirt Shakespeare fadó.' Bhí Tadhg ar ais ón leithreas. Rinne sé iarracht breathnú ar chártaí na beirte eile, ach choinnigh siad siar uaidh iad.

'Más mar sin é, foc sibh,' ar sé go spraíúil, ag dul ar ais chuig an gcuntar agus ag baint bolgaim as a phionta. Shuigh sé suas ar an stól ard, agus d'iompaigh sé timpeall le fiafraí de Thaimín agus de Mháirtín: 'Meas tú cé mhéad a bhíonns air? Bheadh a fhios agatsa, a Taimín, ar ndóigh.'

'Ar céard?' Is mó aird a bhí ag Taimín ar a chártaí ná ar an gcaint. 'Bíonn tú ag seafóid leat ansin, a Chearnaigh, agus ní bhíonn a fhios ag duine ar bith céard air a mbíonn tú ag caint leath den am.'

'Ar Bhidín Shaile Taim atáim ag caint faoi láthair,' arsa Tadhg. 'Nílim ach ag iarraidh a fháil amach cé mhéad a chosnaíonn sé?'

'Níl costas ar bith ar Bhidín bhocht.' Bhí mámh

á imirt ag Taimín agus is mó spéis a chuir sé sa chárta ná sa rud a bhí á rá ag Tadhg.

'Saor in aisce, *free, gratis and for nothing.*'

Thaitin sé le Tadhg a chuid Béarla a úsáid. Thosaigh sé ag cur ordóg lámh amháin suas agus anuas trí chiorcal a rinne sé le méar agus ordóg na láimhe eile i seanchomhartha 'craicinn.' Ag coinneáil súile ar na cártaí a bhí Taimín agus é ag caint:

'Ní ólann Bidín. Ní itheann sí ach sméara agus bia cladaigh, corrchaipín púca, muisiriúin. Deamhan costas ar bith atá ar an mBidín chéanna. Ní thógann sí dól ná pinsean.'

'Déarfainn go bhfuil na *wireanna* crosáilte orainn, a Taimín. Nílimid ag caint ar na rudaí céanna ar chor ar bith. Séard atá mise ag fiafraí díot ná cé mhéad a chosnaíonn sé cabáiste a fháil uaithi?'

'Cabáiste? Bhreathnaigh Taimín ar an bhfear óg. 'Ní fhásann Bidín cabáiste ar bith. Go bhfios domsa.'

'Mura bhfuil tú dallta, a Taimín, tá tú dall.' Chuaigh Tadhg ar ais chuig a dheoch, ach ní raibh sé ag fáil sásamh ar bith as an lá. Chas sé timpeall ar an stól ard arís tar éis tamaill: 'Cas amhrán, a Mháirtín. Tá an áit seo marbhánta.'

'Cas thú féin stéibh, más gabháil fhoinn atá

uait.' Bhí Máirtín ag baint taitnimh as an gcluiche.

Bhí píosa d'amhrán cumtha ag Tadhg roinnt blianta roimhe sin nuair a bhí cúrsaí frithghiniúna á bplé i nDáil Éireann, agus thug sé faoi:

'Cen saghas diabhail iad na *condoms* seo,
Atá acu thuas sa Dáil?
Ag páirtí Dick is Phrionsiais,
Fine Gael is Fianna Fáil?

'Fear plé dhuit, a Thaidhg.' Shuigh Máirtín siar ar an stól, ag éisteacht. 'Nár laga Dia thú.'

'An dara véarsa,' arsa Tadhg, ag casadh chomh maith is a bhí sé in ann:

'*Condoms* ó mhaidin go faoithin,
Condoms ó chluais go cluais,
Condoms ar bharr a dteanga acu,
Chuirfeadh sé ort fonn múisc.'

'Céard iad féin, *condoms*?' arsa Taimín. Bhí cárta ina lámh aige, ach níor fhéad sé é a imirt mar go raibh Máirtín ag éisteacht le hamhrán Thaidhg.

'Éist leis an diabhal.' Ní raibh Máirtín ag iarraidh an t-amhrán a chailleadh, agus níor theastaigh uaidh an focal a mhíniú ach an oiread.

'Tá slócht ag teacht orm.' D'ól Tadhg deoch eile.

'Coinnigh ort,' arsa Máirtín, 'tá sé thar cionn uilig.'

'Chuaigh mé chuig an *gceimist,*
Le go gceannóinn slám,
Leag sé ar an gcuntar iad,
Ar nós *phacket chewing gum.*

Bhí ceann agam am bricfeasta,
Ceann eile agam am lóin
Péire roimh am dinnéir,
Is ag dul a chodladh dom.

Ní hiad na rudaí is blasta iad,
Níl siad ach maith go leor,
Ach nuair a thagann an lá báistí,
Ní theastaíonn cóta mór.

Bíonn do chraiceann ar nós rubair,
I bpéire *wellington,*
Bíodh an diabhal ar an *umbrella,*
Ith suas neart *condoms'.*

Tugadh bualadh bos dó nuair a chríochnaigh sé, cé nach raibh a fhios ag Taimín fós céard faoi a raibh sé ag casadh.

'Tá sé thar cionn ar fad.' Bhí Máirtín an-tógtha leis.

Is é Tadhg a bhí bródúil as an moladh: 'An curfá arís mar sin,' a dúirt sé:
'Cen saghas diabhail iad na *condoms* seo,
Atá acu thuas sa Dáil?
Ag páirtí Dick is Phrionsiais...'
'Fuist.' Stop Tadhg den chasadh nuair a chuala sé Máirtín ag iarraidh ciúnais.

'Tá an sagart chugainn,' arsa Máirtín i gcogar. Níor aithin aon duine acu an bhean a bhí in éineacht leis; Bidín, a bhí nite, glanta, réitithe amach i ngúna a d'fhág Mairéad ag teach an tsagairt an mhaidin sin. Bhí scaif ar a cloigeann, mar gur chinn uirthi a gruaig a chíoradh i gceart.

Bhí miotóga rubair ar a lámha aici. Thaitin na lámhainní a fuair sí sa gcistin i dteach an tsagairt go mór léi. D'fhág sí uirthi iad, mar go raibh náire uirthi a lámha a thaispeáint. In ainneoin an níocháin, bhí salachar fós faoina hingne aici.

D'éirigh Taimín, bhain sé dhe a chaipín in ómós, agus chroith sé lámh leo. 'Céad fáilte romhat, a Athair.' Ag breathnú ar Bhidín: 'Sí do mháthair, bail ó Dhia uirthi, atá in éindí leat, a Athair?'

'Ní hí, a Taimín. Thall i Learpholl le deirfiúr liom atá mo mháthair i láthair na huaire.' Bhí

Máirtín imithe suas chuig an gcuntar leis an mbean a ligean in aice na tine nuair a dúirt an sagart leis: 'Agus cen chaoi a bhfuil Máirtín? Bím ag caint le Mairéad chuile lá, ach bíonn tú féin cruógach i gcónaí.'

'Ag baint lá amach, a Athair.' Bhí Máirtín cúthail i gcuideachta mar sin.

'Tá tú féin go maith, a Thaidhg?'

'Thar cionn, a Bheartla.'

'Bhfuil Jeaic imithe a chodladh?' Bhreathnaigh an sagart thart taobh istigh den chuntar. ' 'Bhfuil deoch ar bith le fáil san áit?'

'Tuige nach ndéanann tú féin braon fíona den uisce, a Bheartla?' Rinne Tadhg magadh. 'Bheadh sé níos saoire ná an stuif seo, go háirid.'

'Is túisce a dhéanfainn uisce as fíon,' a deir an sagart. 'Cé go bhfuil fíon déanta as uisce agam . . .'

'Ag magadh fúinn atá tú anois,' a dúirt Tadhg.

'Caithim a admháil gur thóg sé níos faide ná fear Ghalailí, agus go raibh siúcra agus sméara i gceist.'

'Siúlann tú ar bharr an uisce freisin, is dóigh.' Lean Tadhg leis an spraoi: 'Nuair a bhíonn an bóthar fliuch.'

Bhuail Máirtín an cuntar lena dhorn.

'Jeaic, gabh i leith, tá an sagart anseo. Tá tart ar an bhfear bocht.'

Tháinig Jeaic amach ón gcistin faoi dheifir, agus shín sé lámh amach le fáiltiú roimh an sagart.

'Céad fáilte romhat, a Athair. Fada an lá nach bhfaca mé thú.'

Chaoch an sagart súil ar na fir eile. 'Is cosúil nach dtéann Jeaic chuig Aifreann ar bith níos mó.'

'Téim, téim i gcónaí, a Athair, chuile Dhomhnach agus lá saoire. Chonaic mé ansin thú, ceart go leor, a Athair. Ní fhaca mé sa mbeár thú, sin é a bhí mé ag rá. Tá fáilte romhat i gcónaí anseo.' Bhreathnaigh sé síos go bhfeicfeadh sé cé a bhí in éindí leis, ach bhí droim Bhidín iompaithe, í ag breathnú isteach ar an tine. 'Tá fáilte romhat, agus roimh do chomhluadar.'

'Níl tú i do chustaiméir sách maith aige, a Athair,' arsa Taimín, ag magadh.

'A fhad is atá tusa againn, a Taimín, níl custaiméir níos fearr ag teastáil. Ach tá fáilte roimh an sagart, roimh an Athair Beartla am ar bith. Ní fear ragairne ná trioblóide é, bail ó Dhia ar an bhfear.'

'As ucht Dé, líon deoch do na créatúir,' arsa Tadhg. 'Nach bhfeiceann tú go bhfuil tart an diabhail orthu, agus tusa ag déanamh plámáis.'

'Fágfaimid an diabhal amach as anois, a Thaidhg, in ómós don chomhluadar. Anois, a Athair Beartla, céard tá uait?'

'Pionta, a Jeaic, le do thoil, agus gloine pórtfhíona.'

'Tá do mháthair ag coinneáil go maith, a Athair?'

'Tá, a Jeaic, thar cionn, agus m'athair, freisin. Thall i Sasana atá siad faoi láthair.'

'Pionta.' Bhí an deoch líonta ag Jeaic, 'agus céard eile?'

'Gloine pórtfhíona. Pórt agus pórtar, mar a déarfá.'

'*Any port in a storm,*' arsa Tadhg.

'Meascán maith, m'anam,' arsa Máirtín, nuair a bhí an sagart ag dul síos chuig Bidín leis na deochanna.

Arsa Taimín: 'Is maith le mná fíon i gcónaí, nach aisteach an rud é, cé go bhfeicfeá corrdhuine acu sa lá atá inniu ann ag ól pionta.' Nuair a bhí an sagart ina shuí d'fhiafraigh sé i gcogar ard dá chomrádaithe: 'Meas tú cé hí, a leads, í sin atá in éindí leis an sagart?'

'B'fhéidir go bhfuil sé tar éis bean tí a fháil dó féin,' arsa Máirtín.

'Murar Bidín Shaile Taim í,' arsa Tadhg. 'D'airigh mé go raibh a veain páirceáilte ar an bportach in aice lena háit inné, cibé céard a bhí ar siúl acu.'

'Sagart beannaithe?' Bhreathnaigh Taimín air.

'D'aithneoinn féin Bidín . . .'

'Mura n-aithneofá,' arsa Tadhg, 'ach b'fhéidir nach n-aithneofá í ina cuid éadaí, a Taimín.'

'A Thaidhg!' Bhagair Jeaic air.

'An lá a fheicfeas tú Bidín Shaile Taim réitithe amach mar sin, sin é an lá a bheas an dubh ina bhán.' Ní raibh dabht ar bith ar Thaimín.

'Chuirfeá féin spéis inti an lá sin, a Taimín.' Chuir Tadhg a dhorn suas agus anuas ar bhealach gnéasach. 'Chuirfeá níos mó ná spéis inti.'

'Ná breathnaigh anois . . .' Tharraing Máirtín aird na beirte ar mhiotóga Bhidín: 'Ar thug sibh a lámha faoi deara? Murar miotóga rubair atá uirthi, tá siad an-chosúil leo. Ní fhaca mé a leithéidí sin ar aon bhean istigh i bpub ariamh. Is cosúil iad leis na miotóga a bhíonn ar Mhairéad agus í ag níochán soithí.'

'Agus an bhfuil tú ag rá linn, a Mháirtín,' arsa Tadhg, 'nach níonn tú na soithí do do bhean?'

'Cén sórt piteoige an gceapann tú a bheith ionam?'

'Bíonn orm féin agus Taimín ár gcuid soithí féin a ní, mar nach bhfuil aon duine eile againn, faraor.'

'Déarfainn gur Jeaic anseo sa mbeár a níonn formhór na soithí a úsáideann an bheirt agaibhse.'

'Níl rud ar bith ar domhan níos deise . . .' Ós rud é go raibh siad ag caint ar shoithí agus rudaí den sórt sin, cheap Taimín go raibh sé chomh maith dó a ladar féin a chur isteach sa scéal. 'Níl tada chomh deas leis an *rasher* rósta ar an tlú. Deamhan soitheach ar bith a bhíonn le ní ina dhiaidh.'

'Stop, a Taimín,' arsa Tadhg. 'Tá tú ag cur ocrais orm, gan trácht ar an tart a chuirfeadh an *rasher* orm.'

Bhris guth Bhidín isteach ar a gcomhrá, a misneach ag teacht chuici leis an deoch:

'Ná habair gurb é Taimín Taim Dharach Chóil a fheicim thall ansin. Táim ag breathnú air ó tháinig mé isteach, agus chuirfinn geall gurb é atá ann. Níor tháinig lá aoise ariamh ar an diabhal.'

Bhreathnaigh Taimín go géar ar Bhidín sula ndeachaigh sé anonn chuici.

'Aithníonn tusa mise, a mháistreás,' a dúirt sé, 'ach ní aithnímse thusa. Níl a fhios agam an anoir nó aniar thú, nó an duine thú atá casta ó Mheiriceá. Tá Gaeilge agat ar nós muid féin. Ní mórán daoine sa taobh seo tíre nach n-aithnímse, ach tá sé ag cinnt orm a dhéanamh amach cé thú féin.'

'Déarfainn go bhfuil a fhios ag chuile dhuine cé hí mise.'

'Caithim a admháil, a bhean uasal, nach n-aithním thú.'

'An raibh aithne agat ar Shaile Taim?' a d'fhiafraigh Bidín de.

'Bhí, agus sár-aithne.' Chuimhnigh Taimín air féin. 'Ní tú . . .'

'Is mé a hiníon, Bríd, Bidín.'

'Bidín Shail . . . leag ansin é.' Murach go raibh an sagart ann, thabharfadh sé póg di, bhí oiread ríméid air í a fheiceáil mar a bhí sí. Chroith Taimín a lámh. 'Níl sé i bhfad ó bhíomar ag caint ort anseo. Súr, níl, a lads.' Chas sé thart, ag iarraidh tacaíocht a fháil óna chomhghleacaithe.

'Níl sé,' arsa Máirtín.

Lean Taimín air: 'Níl sé ach cúpla oíche ó bhíomar ag rá go gcaithfidh sé go bhfuil saol thar a bheith uaigneach ag Bidín Shaile Taim amuigh ansin ar an bportach. Bhfuil a fhios agat ach go raibh trua ag na leaids anseo duit? Is fíor dom é. Nach raibh a bhuachaillí? Bhí, muis.'

'Bhí Taimín ag caint ar an uaigneas a bhaint díot.'

'Ná tabhair aird ar bith ar an mboc sin,' arsa Taimín léi. 'Mac le Tim Cearnaigh, bíonn sé ag déanamh an diabhail i gcónaí, ach níl aon urchóid ann i ndáiríre, ach nach stopann sé choíche ó bheith ag magadh.'

'Nach raibh a athair mar an gcéanna?'

'Bhí, a Bhidín, bhí. Mar an gcéanna.'

D'aontaigh Taimín léi, sular lean sé lena scéal.

'Bhfuil a fhios agat, a Bhidín, ach go rabhamar ag rá anseo an oíche cheana nach gcuirfeadh sé iontas ar bith orainn tú a fheiceáil istigh anseo in éineacht leis an sagart. Nár dhúirt muid é sin, a leaids? Dúirt, muis.'

Chroith Máirtín a chloigeann. 'Dúirt Taimín é sin, m'anam.'

'Tá fear maith ansin in éineacht leat, a Bhidín.' Leag Taimín a lámh ar ghualainn an tsagairt. 'Más ceart fear a thabhairt ar shagart beannaithe, teachtaire Dé ar an talamh. Togha fir. 'Bhfuil a fhios agat, a Bhidín, ach gurb in é an sagart is fearr a tháinig thart anseo ariamh? Go bhfága Dia againne é. Nach in í paidir chuile dhuine? Nach fíor dhom é, a Mháirtín?'

'Is fíor dhuit, a Taimín. M'anam gur fíor.'

Ní raibh Tadhg an-tógtha le caint mar sin. D'iompaigh sé isteach ar an gcuntar.

'Chuirfeadh an cur i gcéill seo soir thú.'

'Ag dul in aois na hóige atá tú, a Taimín.' Ní fhéadfadh Bidín rud níos deise a rá, fad is a bhain sé leis an seanfhear.

'Nach iontach an rud é, sin é a deir chuile dhuine.' Bhain sé dhe a chaipín agus chuimil sé a lámh ar bharr a chinn: 'Tomhais anois cén aois mé, a Bhidín?'

'Tá a fhios agam go bhfuil tú níos sine ná mise. Fear mór slachtmhar a bhí ionat nuair a bhí mise fós ag an scoil bheag sin thíos.'

Thaispeáin Taimín chomh bródúil is a bhí sé. 'Deir chuile dhuine go bhfuil mé níos óige nó mar a bhreathnaím.'

'Tá tú níos mó ná an leathchéad.' Ní raibh tuairim dá laghad ag Bidín. 'Tá na blianta imithe amú orm,' a dúirt sí.

Bhí freagra Taimín ar bharr a theanga de bharr a bheith ag plé na ceiste céanna le *yank*anna agus turasóirí eile: 'Táim an méid sin, agus beagnach a leath eile arís. Dhá bhliain déag is trí scór atá mé, creid nó ná creid.'

'Agus murab é an lá inniu lá do bhreithe.' Chaith Tadhg a spóla anonn ón áit ina raibh sé ina shuí ag an gcuntar.

''Bhfuil a fhios agat . . .' Is beag nach raibh sé ráite ag Taimín gurbh ea, ach chuimhnigh sé go raibh breithlá eile aige cúpla lá roimhe sin. D'oibreodh scéal mar sin leis na *yank*anna, ach níorbh fhéidir an cloigeann a oibriú ar mhuintir na háite ar an gcaoi sin. 'Níl tú i bhfad ón marc, a Thaidhg.'

'Bhuel . . .' Chroith an sagart lámh leis. 'Go maire tú an céad, a Taimín.'

'Go raibh maith agat, a Athair. 'Bhfuil a fhios

116

agat ach gurb in é an focal is deise a chuala mé le fada fada an lá.'

'Tuige?' Bhí an sagart ag éirí fiosrach. Ní raibh a fhios aige an í an fhírinne a bhí á rá ag Taimín, nó an é nach raibh ann ach plámás.

'Tá a fhios agat féin go maith cén fáth.'

'Caithfidh mé a rá nach bhfuil a fhios.'

'Cumhacht an tsagairt, ar ndóigh.'

Chroith an sagart a chloigeann. 'Níl a fhios agam an bhfuil oiread cumhachta againn is a cheapann tú, a Taimín.'

'Tá a fhios agat go bhfuil cumhacht agat, agus cumhacht mhór, ach níl tú ag iarraidh scéal mór a dhéanamh de.'

'Cibé rud a cheapann tú féin, a Taimín.' Bhí an ghráin ag an sagart ar cheisteanna a bhain le creideamh nó pisreoga a bheith tarraingthe anuas sa teach ósta.

'Tá a fhios agat go bhfuil tú in ann duine a chur den saol, má thograíonn tú.' Bhuail Taimín an sagart ar an droim.

'Faraor nach bhfuil,' arsa an sagart, ag gáire: 'Bheadh scrios déanta agam fadó.'

Ní raibh Taimín ag géilleadh: 'Tá a fhios agat go maith cén chumhacht atá agat.'

'Níl aon chumhacht againn, go bhfios dom, ach i gcúrsaí spioradálta, Aifrinntí a rá, aspalóid a

117

thabhairt, daoine a bheannú . . .'

Níor thug Taimín aird ar bith ar a fhreagra. Thosaigh sé ar scéal a insint: 'Bhí sagart sa pharóiste seo uair amháin. Cuireadh fios air lá leis an ola bheannaithe a chur ar fhear óg, athair clainne, a bhí ag fáil bháis. Rinne an fear achainí ar an sagart achairín beag eile saoil a thabhairt dó, le go mbeadh na gasúir níos fearr in ann cúnamh a thabhairt dá mamaí nuair a d'imeodh sé. Ghéill an sagart dó.

'Tá go maith,' a deir sé. 'Tabharfaidh mé bliain eile duit.'

Thóg Taimín deoch mhór phórtair, agus bhreathnaigh sé ar a ghloine, sular lean sé ar aghaidh. Thug an sagart nod do Thadhg pionta eile a ordú dó. Ghlan an seanfhear a scornach le casacht bheag:

'Bhí an tinneas imithe uilig de mo dhuine tráthnóna, agus é amuigh ag bleán na bó. Ní raibh a shláinte chomh maith ariamh is a bhí sé an bhliain sin, agus, ar ndóigh, rinne sé dearmad air go raibh sé tinn ariamh.'

Bhí a fhios ag Taimín faoin am seo go raibh an lucht éisteachta ina ghlac aige, agus thóg sé am, ag breith ar an bpionta nua a leagadh amach ar a aghaidh.

'Sláinte.'

D'ól sé a dheoch, bhreathnaigh sé san éadan ar gach duine, agus labhair sé beagán níos ísle:

'Bliain díreach ón lá ar chuir an sagart an ola air, an t-am seo bliana a bhí ann, bhí sé ar bharr an tí, ag cur tuí ar an teach. Rith duine de na gasúir isteach ón mbóthar le rá go raibh an sagart ag siúl anuas tríd an mbaile.'

Bhreathnaigh Taimín go díreach ar Bheartla Mac Diarmada sular mhínigh sé:

'Ar muin capaill a bhí teachtaire Dé ag dul thart ar fud a pharóiste. Ní raibh carr ar bith ag sagairt na linne sin, ná veain ach an oiread.' Thug Taimín poc spraíúil don sagart nuair a rinne sé tagairt don veain. Bhí cáil ar a shean-Volkswagen sa gceantar de bharr na haoise móire a bhí aici.

'Tháinig an fear groí anuas den dréimire le lámh an tsagairt a chroitheadh. 'Bhfuil a fhios agat cén lá atá ann inniu?' a d'fhiafraigh an sagart de. 'Tá,' arsa mo dhuine, 'Dé Céadaoin.' Céard a dúirt an sagart leis ach: 'Tá an ceart agat, agus is é lá do bháis é. Gabh i leith go gcuirfidh mé an ola ort.' Bhí a chónra déanta, agus é ina luí inti roimh thitim na hoíche sin.' Bhreathnaigh Taimín thart orthu: 'Anois cé a déarfadh nach bhfuil cumhacht ag an sagart?'

'A leithéid de sheafóid. Ná habair go gcreideann tú i gcac mar sin, a Taimín.' Rinne

Tadhg iarracht an ghaoth a ligean as seolta an tseanfhir, rud nár thaitin leis an óstóir, Jeaic.

'A leithéid de chaint bhrocach os comhair an tsagairt.'

'Tá aithne mhaith ag an sagart ormsa, nach bhfuil, a Bheartla?'

'Aithne rómhaith, b'fhéidir,' arsa an sagart, mar mhagadh. 'Bhí an scéal thar cionn,' ar sé le Taimín. 'Mura bhfuil cumhacht ag sagairt an lae inniu, bhí sí ag an dream a tháinig romhainn.'

Ní raibh Jeaic réidh fós le Tadhg: 'Ní maith liom daoine a chloisteáil ag tabhairt a ainm baiste ar shagart.'

'Tuige?' arsa Tadhg, 'nach bhfuil sé baiste chomh maith leis an gcéad duine eile?'

'Tá ómós ag dul dó.'

'Nach bhfuil an t-ómós céanna ag dul do Bhidín ansin in aice leis?'

'Tá a fhios agam go bhfuil, a Thaidhg. Tá ómós ag dul do chuile Chríostaí, ach ní hin atá mé ag rá.'

'Ní thugann tú ómós ach do Chríostaithe, a Jeaic? Céard faoin nGiúdach is an Mahamadach? Céard fúmsa nach bhfuil creideamh ar bith agam?'

'Maidir leatsa . . .' Chuir Taimín a ladar féin isteach sa scéal. 'Scéal eile ar fad thusa, a Thaidhg Chearnaigh. Ach murar Críostaí thú, céard sa diabhal eile atá ionat? An tAinchríost?'

'Sin é a cheapann go leor thart anseo,' arsa Tadhg, go dubhach.

'Tógann muid do chuid airgid uait ina dhiaidh sin.' Thóg Jeaic luach a phionta as an tsóinseáil a bhí roimh Thaidhg amach.'

'Bíonn ómós do na pingineacha i gcónaí,' arsa Tadhg, 'cibé faoin gCríostaí nó faoin Hiondúch.'

'Shíl mé gur airigh mé thú ag rá an lá cheana go raibh ómós agat d'Íosa Críost,' arsa Máirtín, ag dul ar ais chuig an gcuntar, tar éis dó a bheith i lár an urláir ag éisteacht leis na scéalta. Lean Taimín é, gan mórán fágtha ina ghloine aige.

'Ní hin a dúirt mé.' Cheartaigh Tadhg é. 'Dúirt mé go raibh ómós d'Íosa – an Nasarthach – agam.'

'Nach é an rud céanna é?'

'Ní fheicim gur Mac Dé é, sin í an difríocht. Nílim ag rá nach togha fir a bhí ann.'

'Táim cinnte gur Mac Dé a thug tú air an lá cheana,' arsa Máirtín.

'Sciorradh teanga a bhí ann, má thug. Nach maith go mbíonn tú ag éisteacht ina dhiaidh sin, a Mháirtín?'

'Cén rogha eile a bhíonns agam?'

'An-aimsir fhataí í, cinnte,' a deir Taimín, a dhóthain cloiste aige faoi chúrsaí creidimh don lá sin.

In aice na tine bhí comhrá íseal ar siúl ag Bidín agus an sagart:

'Más cuma leat,' ar seisean, 'cuirfidh mé tuairisc d'iníne. Nach Síle a thug tú uirthi?'

'Sin é an t-ainm a bhaist mé féin uirthi. Sin é an t-ainm a thugaim uirthi istigh i mo chroí.' Bhí cuma bhrónach ina súile. 'Is dóigh go bhfuil ainm éicint eile uirthi anois agus le fada. Ainm agus sloinne. Tá mo phictiúr féin agam di i m'intinn i gcónaí, ach b'fhéidir nach mar sin a bhreathnaíonn sí a bheag nó a mhór.' Bhí sí ina tost nóiméad, sular dhúirt sí: 'Síle a thugaim féin uirthi . . .'

'Tá caolseans ar a fháil amach cá bhfuil sí anois,' arsa an sagart léi.

'Nár shaighneáil mé na páipéir fada an lá ó shin?' Lig sí osna bheag. 'Má shaighneáil.'

'Ach tá sí fásta anois, agus tá an dlí athraithe. Dá mbeadh a fhios agam cén t-ospidéal inar rugadh í?'

'Dá mbeadh a fhios agam féin é.'

'Londain a dúirt tú? Tá cara liom ina shagart i Shepherds Bush. Chuirfeadh sé a tuairisc dá mbeadh ainm agus dáta aige.'

Stop Mac Diarmada ansin. Thug sé faoi deara go raibh sé ag cur an iomarca brú róluath ar Bhidín. B'fhéidir go raibh an t-ól ag tabhairt muinín bhréagach dó féin, nach raibh sé ag cuimhneamh ar na deacrachtaí a bhí le sárú ag Bidín agus í ag dul ar ais i measc na ndaoine. Gan trácht ar a bheith ag caint ar a hiníon a fháil ar ais di ag an bpointe sin. Agus mura mbeadh spéis ag a hiníon inti?

'B'fhéidir go bhfuil sé chomh maith dúinn dul ar ais chuig an teach,' a dúirt sé, 'tá ár ndóthain déanta againn d'aon lá amháin.'

D'fhág siad slán ag na fir ag an gcuntar.

'Go dtuga Dia slán abhaile sibh,' arsa Taimín ina ndiaidh.

'Nach iontach an boc é Beartla, freisin,' arsa Tadhg nuair a bhíodar imithe.

'Ag caint ar an sagart atá tú?' Ní raibh Jeaic cinnte céard a bhí i gceist aige.

'Nach é atá glic freisin?' arsa Tadhg, scéal nua á chumadh aige.

'Céard faoi a bhfuil sé ag caint anois?' a d'fhiafraigh Máirtín de Jeaic.

'Nach bhfuil sé soiléir go bhfuil sé i ndiaidh a cuid talún?' arsa Tadhg.

'Cá bhfágfadh sé é?' arsa Taimín. 'Sagart gan a bheith santach.'

'Ach níl suim ar bith ag an Athair Beartla in airgead.' Chuimhnigh Máirtín air féin. 'Más fíor dó féin.'

'Níl mé ag rá go gcuirfeadh sé an t-airgead ina phóca.' Ag iarraidh lucht an airgid, Jeaic agus

Máirtín a chur in árach a chéile faoi ghabháltas Bhidín a bhí Tadhg. 'Ach chuirfeadh sé sciathán nua amach as an séipéal, nó rud éicint, chun glóire Dé agus onóra na hÉireann, gan trácht ar a onóir féin. Is ar na sagairt a thógann séipéil a bhíonn cuimhneamh, dúirt mo Dhaidse é sin ariamh.'

'Níor airigh mise caint ar bith ar phíosa a chur le teach an phobail.' Bhí iontas ar Jeaic go bhféadfadh a leithéid a bheith pleanáilte i ngan fhios dó.

'Cloisim go mbeidh píosa mór gloine thart ar dhoras an tséipéil,' arsa Tadhg, 'mar a d'fheicfeá ag Ionad Siopadóireachta. Choinneodh sé na leaids a bhíonn ar leathghlúin ag an doras te ar chaoi ar bith.'

'Is mór an t-ionadh nár dhúirt an tAthair Beartla. . .' Ach ní raibh Jeaic in ann an scéal a phlé a thuilleadh, mar go raibh torann os a gcionn, mar a bheadh a athair ag siúl thart go han-mhall, agus maide lena choinneáil suas.

'An fear thuas, a Jeaic.' Bhí a fhios acu ar fad go raibh sé ceaptha a bheith ag coinneáil na leapa. D'fhág Jeaic an beár faoi dhithneas.

'An fear thuas.' Rinne Tadhg gáire. 'Tá sé ainmnithe go maith agat, a Taimín, dia beag s'againn féin. Thosaigh sé ag casadh:

I'm Jeg the peg,
With me extra leg,
Didel deedel didel dum.'

Stop sé den amhrán. 'Ba bheag an mhaith don sean-Chofach sin an tríú cos,' a dúirt sé, 'nuair nár chuir sé ar an saol ach Jeaic.'

'Fear cráifeach a bhí ann ariamh, an sean-Chofach.' Chuimhnigh Taimín ar an saol a bhí caite. An-fhear *sodality* go deo. Gan trácht ar an gcéad Aoine den mhí.'

'Ní choinneodh sé sin as an diallait é,' arsa Tadhg. 'Nach raibh Caitliceach maith ceaptha dosaen gasúr ar a laghad a bheith aige?'

Bhreathnaigh Máirtín air. 'Níl aon cheo i do chloigeannsa ach craiceann.'

'Sin é an t-aon áit a bhfuil sé ceadaithe thart anseo.' Thosaigh sé arís:

'I'm Jeg the peg,
with me extra leg. . .'

*   *   *   *

'Fuist. Tá Fanny ag teacht.' Chiúnaigh na daltaí sa seomra ranga réamh-thógtha i scoil an phobail nuair a thug siad faoi deara nach é an sagart a bhí ag teacht trasna an chlóis chucu, ach an tArdmháistir, Seán Ó hOdhráin. Ní mó ná sásta a bhí an fear céanna go raibh air ranganna Theagasc Críostaí an tsagairt a thógáil, mar go raibh seisean amuigh ar an bportach ag cur caoi ar theachín Bhidín Shaile Taim. Dá mbeadh íocaíocht bhreise féin le fáil as . . .

Múinteoir staire a bhí ann chomh maith le bheith ina Ardmháistir, mar go raibh an scoil beag. Seanghairmscoil a tógadh i lár na gcaogaidí a bhí inti, le cúpla seomra réamh-thógtha curtha léi. Bhí na seomraí sin i ndroch-chaoi anois, an t-admhad lofa tar éis beagnach fiche bliain.

Rinne Seán iarrachtaí móra sna blianta roimhe sin áiteamh ar an Roinn Oideachais scoil cheart a chur ar fáil. Ach bhí airgead gann i gcónaí, dar leo. Bhí tuairim mhaith acu gurb é a theastaigh ó lucht na Roinne ná ligean leis an scoil bás nádúrtha a fháil, mar go raibh an áit bánaithe leis an imirce. Dhéanfaidís an méid a bheadh fanta a chónascadh le scoil sa mbaile mór.

Níor chuir ceist na scoile tada as dó níos mó. Bhí sé tuirseach di. Ní raibh le déanamh anois aige ach cúpla bliain eile oibre. Bheadh pinsean agus suaimhneas ansin aige. Bheadh an tuarastal céanna aige ar phinsean is a bhí aige cheana. Bhí na Coimisinéirí Ioncaim ag baint níos mó ná leath a phá uaidh, ós rud é go raibh na gasúir fásta suas, imithe as an nead.

Mhúinfeadh sé Teagasc Críostaí, ceart go leor, ar sé leis féin, ach cheanglódh sé lena ábhar féin é. Ceacht staire a bheadh ann chomh maith. Ar an gcaoi sin ní bheadh sé ag cur a chuid ama amú uilig.

'Breathnaímis ar an stair ó thaobh na moráltachta de,' ar seisean leis na daltaí. 'Is gearr ó bhíomar ag plé laethanta deireanacha an chéid seo caite, Conradh na Talún, agus Rialtas Dúchais d'Éirinn. Cé inseos dom céard a chloígh an laoch mór, Parnell?'

Angela Shorcha an chéad duine a chuir a lámh in airde, lámh agus trí fháinne ar a laghad ar gach méar.

'Angela?' ar sé.

'Sasana,' a d'fhreagair sí.

'Éirigh ó do *fanny* gaelach nuair a chuireann múinteoir ceist ort.' Bhí sciotal beag sciotaíl sa seomra ranga nuair a d'úsáid sé an focal a bhí mar leasainm air féin. Tugadh an t-ainm sin air mar go mbíodh sé i gcónaí á rá sin leis na cailíní.

Chas Seán timpeall nuair a sheas Angela suas agus scríobh sé 'Charles Stewart Parnell' ar an gclár dubh. Agus an t-ainm á scríobh aige, d'ardaigh Seáinín Folan, a bhí suite taobh thair di, bun mhionsciorta Angela beagán lena bhiró, agus dúirt sé i gcogar 'Níl *knicker* ar bith uirthi.'

Shíl Jaqui Chofaigh gur leidhce san éadan a thabharfadh Angela do Sheáinín. Sin é a dhéanfadh sí féin sa gcás. Ach is amhlaidh gur meangadh gáire a rinne Angela leis nuair a chas sí timpeall. 'Bitse,' a dúirt Jaqui ina hintinn féin.

'Freagra?' arsa Ó hOdhráin, ag casadh timpeall go tobann le breith ar cibé duine ba chúis leis an ngáire.

'Sasana,' arsa Angela arís. 'Rialtas Shasana.' Ní raibh uaithi ach an tArdmháistir a chur ag caint ar an leatrom a rinne Sasana ar mhuintir na hÉireann le hocht gcéad bliain, agus mar a chuirfeadh sé é 'tá siad á dhéanamh fós.' Bheadh an rang thart sula mbeadh deireadh lena racht.

'Sasana.' Chas sé chuig an gclár dubh arís agus scríobh. Sheas Seáinín ina shuíochán laistiar d'Angela agus chuir sé cogar ina cluas. 'Fiafraigh de cé hí Fanny Parnell?' Phléasc sí ag gáire, ach d'éirigh léi an gáire a iompú ina chasacht faoin am ar chas an tArdmháistir timpeall.

'Agus cén modh oibre a úsáideadh le rí gan choróin na tíre seo a chur dá chois?'

Thug Angela faoi deara lámha Jaqui faoina cíocha, í ag iarraidh leid a thabhairt di.

'Bean,' a d'fhreagair sí.

'Agus cén bhean a bhí i gceist?'

'Sé.' Bhí Angela ag iarraidh liopaí Jaqui a léamh.

128

'Tús maith leath na hoibre,' a dúirt Seán, 'ach níl ansin ach a sloinne. Is ionann a bheith ag iarraidh freagra a fháil anseo agus a bheith ag iarraidh corc a tharraingt as buidéal. Cén t-ainm baiste a bhí ar an Jezabel sin?'

Bhreathnaigh Angela anonn ar Jaqui arís: 'Titty Ó Sé,' a d'fhreagair sí. Bhí an leid agus na liopaí curtha le chéile aici.

'An bhfuil tusa ag iarraidh a bheith glic?' Ní raibh a fhios aigesean an ag magadh nó i ndáiríre a bhí sí. Bhí tuairim aige gur ag oibriú a cloiginn air a bhí sí, le gáire a bhaint amach go dtí go bhfaca sé a héadan ag deargadh le náire. Chuir Seáinín a lámh san aer le haird an mháistir a tharraingt ó Angela.

'Sea, Folan?'

'An fíor go raibh deirfiúr ag Parnell darbh ainm Fanny?' Bhí an chuid eile den rang sna trithí ag gáire, ach d'éirigh leis an gCualánach breathnú san aghaidh ar an máistir gan gáire ar bith a dhéanamh.

'Cén saghas intinní brocacha atá agaibh ar chor ar bith?' Bhí olc ar Ó hOdhráin. 'Tá an ceart ag Seán Folan. Sin é an t-ainm a bhí ar an mbean uasal, agus rinne sí go leor ar son na hÉireann, Conradh Talún na mBan, go háirithe. Ní údar magaidh ar bith a hainm. Tá súil agam go mbíonn sibh níos múinte ná seo nuair a bhíonn an Teagasc

Críostaí á mhúineadh ag an sagart . . .'

'An bhféadfá a hainm a scríobh dúinn a mháistir? Bhí cuma neamhurchóideach ar Jaqui agus an cheist á cur aici air, mar a bheadh suim aici é a scríobh ina cóipleabhar. Níor theastaigh uaithi, ar ndóigh, ach é a fheiceáil ag scríobh a leasainm féin ar an gclár dubh.

Bhí Angela ar buile ag deireadh an ranga.

'Chomh cinnte is a tugadh '*fanny*' ar an Ardmháistir, tabharfar '*titty*' ormsa feasta,' a dúirt sí ina hintinn féin. Ach d'ardaigh a croí nuair a tháinig Seáinín anall agus shuigh in aice léi.

'Rinne mé óinseach cheart díom féin istigh ansin,' a dúirt sí.

'Céard a bhí ann ach píosa spraoi?' Bhí sé ag gáire fós faoin rud a scríobhadh ar an gclár dubh.

'Cofaigh, an bhitse, a chuir an dul amú orm,' arsa Angela.

'Ag iarraidh cabhrú leat a bhí sí, ach nár chuala tú i gceart í.'

'Thógfása a páirt, is cuma céard a dhéanfadh sí.'

'Nílim ach ag insint na fírinne.'

'Tá sí chomh héadmhar leis an diabhal.'

'Jaqui? Éadmhar? Cén chaoi?'

'An dall atá tú, nó céard?' Bhreathnaigh Angela go díreach air. 'Nach bhfaca tú ag an dioscó an oíche cheana í, *like a bitch in heat*? Agus ag an gcruinniú. Rinne sí cinnte gur tusa a bheadh in aon churach léi.'

'Nach é an sagart a mhol é sin?'

'Nuair a chuir sí na focla isteach ina bhéal.' Ag aithris ar Jaqui: 'Glacadh páirte is tabhachtaí, agus ní hé an rás a bhuachan. Tá a fhios agamsa an duais atá uaithi.'

'Seafóid,' a d'fhreagair Seáinín. An rud deireanach a chreid sé ná go mbeadh cailíní ag troid mar gheall air. 'Níl Jaqui mar sin.'

'Ó, níl,' a deir Angela, go híorónta. 'Naomh ó na Flaithis atá inti,' agus d'imigh sí uaidh, le deis a thabhairt dó cuimhneamh ar ar dhúirt sí.

*   *   *   *

Bhí a fhios ag Áine ón nóiméad a casadh Mairéad uirthi tráthnóna go raibh rud éigin mór ag cur as di. Ní bean chainteach a bhí ina cara ariamh, ach d'aithin sí go raibh sí róthostach, agus go raibh sí lán teannais. Is beag Aoine le blianta anuas nach ndeachaigh siad beirt le chéile go dtí an baile mór tar éis am scoile.

Ní mórán a cheannaigh siad ó thaobh grósaeirí de, cé is moite de spíosraí agus rudaí den sórt sin nach mbeadh fáil orthu i siopa Áine agus Jeaic. Ag breathnú ar an bhfaisean, ar éadaí is ar bhróga, a chaithfidís an chéad chuid den tráthnóna, tamall sa siopa leabhar ina dhiaidh sin, agus an chuid ba thaitneamhaí ar fad, ag ithe béile agus ag ól bolgam fíona i mbialann dhifriúil beagnach gach uair.

Suite i mbialann lárchathrach a chuir béim ar bhéilí d'fheoilséantóirí a bhíodar nuair a d'fhiafraigh Mairéad go lom díreach dá cara: 'An é Máirtín athair Jaqui?'

Baineadh croitheadh as Áine. Bhreathnaigh sí ar a pláta, ar a gloine, chuile áit ach ar aghaidh a carad. Cén mhaith a bheith ag iarraidh an fhírinne a cheilt nuair a bhí a fhios aici go raibh sí scríofa idir a dá shúil? Blianta fada ó shin ba cheart di é a insint di.

'Tá brón orm,' ar sí, í le cloisteáil ar éigean.

Lig Mairéad racht gáire mínádúrtha searbhasach: 'Tá brón ort.'

Bhreathnaigh Áine go díreach san aghaidh anois uirthi, ag iarraidh an bhearna a bhí ag teacht idir iad a líonadh.

'Ní raibh sibh pósta ag an am. Ní raibh mé le Máirtín ariamh ó shin. Bhí mé dílis do Jeaic ó phós muid.'

'Dílis,' arsa Mairéad, mar ab ionann 'dílis' agus 'Iúdás.' Nuair nár dhúirt Áine aon rud, ar sí: Níl a fhios agat céard is dílseacht ann.'

'Bhíomar óg, díchéillí. Tharlaíodh rudaí mar

sin an uair úd, sna seascaidí agus sna luathsheachtóidí. Bhí an saol ar fad sórt scaoilte, saor. Faraor nach bhfuilimid in ann an clog a chur siar.'

'Faraor nach bhfuilimid in ann an clog a stopadh uilig.' Bhí racht feirge ar Mhairéad, í ag caint níos airde ná mar a cheap sí. Thug sí faoi deara daoine eile ag breathnú orthu. D'análaigh sí go mall, le smacht a chur uirthi féin.

'Bhí gach rud difriúil an uair úd.' Choinnigh Áine uirthi ag caint, mar a bheadh an tsíorchaint ina leigheas ar an anachain. 'Bhí éad orm leatsa.'

'Éad? Liomsa? Tá tú ag rá anois gur le mé a ghortú a rinne tú é?' Shíl Mairéad gur chun donachta a bhí an scéal ag dul, dá mb'fhéidir é.

'Ní hé . . . ach . . . bhí tú níos fearr ná mé ar scoil i gcónaí. Bhí Máirtín agat, an fear ba shlachtmhaire san áit, an peileadóir ab fhearr . . . Ní raibh mé ag iarraidh é a thógáil uait. Tharla sé. Ól agus . . . níl a fhios agam.'

'Paisean. Dáir. Pléisiúr,' arsa Mairéad, 'agus bíodh an diabhal ag do chara. Do chara, mar dhea.'

'Bhí drogall orm roimh an lá seo le níl a fhios cén fhad.'

'Shíl tú nach bhfaighinn amach go deo?'

'An é Máirtín a dúirt leat é?' arsa Áine. Bhí sé ráite ag Máirtín nach n-inseodh sé do Mhairéad é.

133

'Fuair mé amach.'

'Ní raibh a fhios ag aon duine eile,' arsa Áine. 'Níl a fhios ag Jaqui féin.'

'Nach mé a bhí dall ar feadh na mblianta.'

'Gheall sé nach n-inseodh sé go deo é.'

'Níor inis ach an oiread.' Bhí sásamh beag éigin le fáil ag Mairéad as Áine a fhágáil dall ar an gcaoi a bhfuair sí amach é.

'Ach . . . Ach . . . ? Cén chaoi a bhfuair tú amach é?'

'Nár dhúirt tú liom ar ball go raibh sé fíor.'

'Bhí olc ort roimhe sin,' arsa Áine. 'Bhí a fhios agat é nuair a casadh orm tráthnóna thú. Ní raibh asat ach 'sea,' is 'ní hea.'

'Bhí a fhios agam go raibh iníon aige, ach ní raibh a fhios agam cé hí go dtí gur chuir mé a dó agus a dó le chéile.'

Mhothaigh Mairéad go raibh sí ag breathnú uirthi féin ón taobh amuigh. Bhí sí ansin ag labhairt go réasúnach leis an mbean a raibh páiste aici lena fear, nuair ba cheart di a bheith ag caitheamh na bplátaí léi nó rud éicint. Bhí sí rófhoighdeach ar fad, a cheap sí. D'éirigh sí ón mbord.

'Cá bhfuil tú ag dul?'

'Níl a fhios agam.'

'Níor ith tú tada?' Bhailigh Mairéad a mála

agus a scaif gan í a fhreagairt. 'An mbeidh tú ag an gcarr?' Áine a bhí ag tiomáint an lá sin.

'Ní bheidh.'

'Cén bealach abhaile . . .?'

'Níl aon bhaile agam níos mó.' D'fhreagair Mairéad ar nós nach raibh rud ar bith ag cur as di agus shiúil sí amach as an mbialann. Níor stop sí gur shroich sí Óstán na Cearnóige, áit ar chuir sí leaba agus bricfeasta in áirithe di féin. Chaith sí siar gin dúbailte sa mbeár agus lig sí d'imeachtaí uilig na hoíche roimhe sin dul trína hintinn den chéad uair.

Théadh sí a chodladh roimh mheán oíche i rith na seachtaine go hiondúil mar gheall ar an scoil lá arna mhárach. Bhíodh sí ag iarraidh a bheith imithe as bealach Mháirtín freisin nuair a thagadh sé isteach ón ósta, boladh de phórtar stálaithe uaidh. Is ar éigeán a labhair siad lena chéile níos mó eisean imithe amach ag na beithígh ar maidin sular éirigh sí agus sa teach ósta go dtí am dúnta.

Bheireadh sé uirthi corroíche agus bhíodh gnéas acu. Bhíodh a leithéid aigesean ar chaoi ar bith a deireadh sí léi féin. Ní fhéadfá grá a thabhairt ar an ngnúsacht uaidh mar a bheadh reithe ag plé le caora, gan aird ar bith ar a cuid mothúchán. Luíodh sí siar agus scaoileadh sí leis go mbeadh sé réidh, am a dtiteadh sé ina chnap codlata lena taobh. Ní minic a tharla an méid sin féin le tamall anuas.

Tar éis an chruinnithe faoi Bhidín Shaile Taim a chuimhnigh sí nach raibh ann ach bréagchráifeacht uaithi féin. Bhí grá dia á thaispeáint aici do sheanbhean bhocht, a pósadh féin ionann is tite as a chéile. Thuig sí go maith nár cheart di rudaí mar sin a tharraingt anuas nuair a bhí ól déanta ag Máirtín, ach is mór idir an teoiric agus an gníomh.

Taobh amuigh den chúpla uair an chloig Dé Domhnaigh nuair a dhún na pubanna is nuair a tháinig sé abhaile i gcomhair a dhinnéir, is ar éigean a bhí deis labhartha a bheag nó a mhór aici leis. Bhí sise ar scoil i rith na seachtaine, eisean ag margadh na mbeithíoch Dé Sathairn.

Le tamall anuas bhíodar tosaithe ar na nuachtáin Domhnaigh a léamh le linn an dinnéir. Ní raibh an locht ar fad ar Mháirtín ach an oiread. Bhí suim mhór aigesean i gcúrsaí spóirt. Ach bhí dhá oiread spéise aicisean sna leathanaigh liteartha agus léirmheastóireachta.

D'fhan Mairéad ina suí an oíche roimhe sin tar éis di a theacht ón gcruinniú, ag ól caife go dtí gur fhill Máirtín ón teach ósta. Ní raibh aon fhonn cainte air. Bheadh air a bheith ina shuí go luath, a dúirt sé, leis na beithígh bainne a bhleán. Níor chuidigh sé tada gur dhúirt sí nach mbeadh sé leath chomh traochta, dá dtiocfadh sé ar ais ón ósta in am. Ní fada go rabhadar beirt ag béiceach lena chéile.

Ní raibh cuimhne ar bith aici ar an gcaoi a tháinig cúrsaí giniúna aníos:

'Cé air a bhfuil an locht?' a d'fhiafraigh seisean di nuair a dúirt sí gur cheart dó dul chuig dochtúir.

'B'fhéidir go bhfuil rud éicint ar an mbeirt againn,' ar sise. 'Ach ar a laghad ar bith chuaigh mise chuig an dochtúir agus ní raibh sé in ann aon cheo a fháil cearr liom a choscfadh ar ghasúir a bheith againn.'

'Níl aon cheo ag cur as domsa ach an oiread,' arsa Máirtín go dubhach.

'Cá bhfios duit nuair nach ndéanfaidh tú na teisteanna?'

'Tá a fhios agam.'

'Cén chaoi a mbeadh a fhios?'

Drochsheans go ndéarfadh sé é go deo, murach go raibh sé ólta: 'Mar gur chruthaigh mé cheana é.'

'Chruthaigh tú céard?' ar sí.

'Lig liom. Éist liom. Tá codladh orm.' Ach bhí a fhios aige go raibh an iomarca ráite aige cheana.

'Bhfuil tú ag rá . . ?'

'Nílim ag rá tada.'

'Níl tú ag rá tada. Thosaigh tú ar rud an-spéisiúil a rá, agus nílim leis an áit seo a fhágáil go dtí go gcríochnóidh tú é. Má tá tú ag rá an rud a cheap mise a dúirt tú, tá sé thar am agam é a chloisteáil.'

'Nílim ag rá tada,' arsa Máirtín arís.

'Níl tú ag rá tada. Níl tú ag déanamh tada ach ól. Ní fiú . . .' Bhí Mairéad go mór ar buile leis.

'Ní fiú tada mé? Abair é.' Bhí Máirtín é féin spréachta anois:

'Ní fiú tada mise? Bhuel, tá iníon ar an mbaile agamsa. Níl *fuck all* agatsa. Níl an sicín féin agat. Tá tú chomh seasc leis an miúil.' Shiúil sé amach as an teach agus dhún an doras de phlimp ina dhiaidh.

Shuigh Mairéad an chuid is mó den oíche san áit a raibh sí sa chistin. Ní raibh sí in ann corraí. Bhí sí lán d'olc. An rud is mó a chuir as di ná cérbh í an cailín seo ar an mbaile ar le Máirtín í. B'fhéidir nach raibh ann ach bréag, ar sí léi féin, rud ar bith lena gortú, le linn aighnis. Ach bhí sé chomh cinnte sin nach air féin a bhí an locht gan gasúir a bheith acu.

Cén cailín í? An óg nó sean í? Is beag nár thuig sí do Héaród Rí agus é ag iarraidh chuile ghasúr d'aos áirithe a chur den saol. Ag tosú le gasúir na meánscoile chuaigh sí trí chuile chailín ina hintinn, ag cuimhneamh ar a ainm máithreacha, an raibh aon duine acu mór le Máirtín ar bhealach

138

ar bith agus nár thug sí faoi deara?

'An plobaire mór,' ar sí ina hintinn. Ba dheacair cuimhneamh anois agus Máirtín ramhraithe le pórtar go raibh an t-am ann go raibh chuile bhean ina dhiaidh. Ach bhí. É óg, slachtmhar, ag imirt togha na peile, é páirteach sna rásaí curach. Rogha na mban, ach ise a phós sé.

'Cá fhad ó tharla sé seo ar fad?' Bhraith sí ar é a leanacht amach, ceist lom a chur air, fiafraí de cé hí an cailín. Cén aois í? An raibh sé i ngrá lena mháthair? Chuimhnigh sí ar na máithreacha nach raibh pósta san áit. Glacadh níos fearr lena leithéid le blianta beaga anuas, ach bhí an chosúlacht ar an scéal i ngach cás gurb é an buachaill a bhí ag dul le chuile dhuine acu ag an am athair an pháiste. Ach ní bheadh a fhios agat.

Bhí sórt faitís uirthi dul amach ar thóir a fir, b'fhéidir gur crochta sa scioból a bheadh sé, tar éis ar tharla eatarthu. Agus bhí Mairéad mar a bheadh sí greamaithe dá cathaoir, croitheadh chomh mór sin bainte aisti, í ag iarraidh a dhéanamh amach thar rud ar bith eile cé hí iníon Mháirtín.

Go tobann a tháinig an smaoineamh chuici gur Jaqui a bhí i gceist. Níor chuimhnigh sí chomh fada sin siar go dtí sin. Ach bhí rud éicint a bhain leis an deireadh seachtaine sin fadó a ndeachaigh siad ag an gcluiche ceannais. Mhothaigh sí rud éicint ag an am a chuir amhras uirthi, cé gurb í a mhol dóibh taisteal in éindí.

'Mise ag scrúdú, iadsan ag scriúáil,' ar sise léi féin.

Nuair a gheal an mhaidin chonaic sí Máirtín amuigh ag tabhairt féar tirim do na beithígh. Bhí sé ar intinn aici glaoch ar an Ardmháistir agus a rá go raibh sí tinn. Ach d'fhágfadh sin sa teach í nuair a thiocfadh a fear ar ais. B'fhearr aghaidh a thabhairt ar na gasúir scoile agus í traochta tuirseach ná é sin.

Bhí ar Mhairéad cuid de ranganna Theagasc Críostaí an tsagairt a thógáil chomh maith lena ranganna féin. Ba chuma léi lá ar bith eile, mar gur amuigh ag cur caoi ar theachín Bhidín a bhí seisean. Ach níor mhothaigh sí chomh dona ariamh ina saol. B'aisteach an rud é a bheith ag breathnú ar chailíní roimpi, fios aici gur dóigh gur iníon lena fear duine acu.

Ag an bpointe sin, agus í ina suí san Óstán, ní raibh a fhios aici an ngabhfadh sí ar ais ag múineadh scoile go deo arís.

*   *   *   *

Bhain Beartla Mac Diarmada agus Bidín Shaile Taim taitneamh as a bheith ag obair i dteannta a chéile amuigh ar an bportach. Chomh luath is a bhí an tAifreann léite ag an sagart agus an bricfeasta ite ag an mbeirt acu, thugadar aghaidh ar theachín Bhidín.

Níor thóg sé i bhfad ar an sagart an seantuí agus na scraitheacha a chaitheamh anuas ó bharr an tí. Ghlan Bidín amach an méid a bhí taobh istigh, féar tirim agus feileastram, seanmhálaí agus a leithéid. Lasadar tine mhór le gach a raibh ann.

'Sin deireadh leis an seansaol, agus tús an tsaoil nua,' a deir an sagart agus iad ina seasamh ag breathnú ar an tine.

'Faraor gan a leithéid de thine a bheith agam i lár an gheimhridh, nuair a bhíonn sioc agus sneachta ann,' a dúirt Bidín.

'Is gearr go mbeidh tine cheart agat,' ar seisean. 'Tá sornóg aimsithe agam a choinneos te thú agus a mbeidh tú in ann citeal nó sáspan a chur ar a barr.'

'Níl simléar ar bith agam.'

'Níl de shimléar air seo ach sórt píopa a théann amach tríd an mballa. Beidh mé in ann an ceann a chur ar an teachín i dtosach, agus beidh sé éasca an jab eile a dhéanamh ansin nuair a bheas an bháisteach coinnithe amach.' Rug an sagart ar phíosa admhaid a raibh sé le gearradh mar cheann de na rataí.

'Céard a dhéanfas mise anois?' arsa Bidín.

'Má tá fonn oibre ort, tabharfaidh mise obair

duit le déanamh. An mbeifeá in ann aol a chur ar na ballaí taobh istigh? Níl tada chomh folláin leis.'

'An mbeidh orm dul suas ar an dréimire?' arsa Bidín.

'Má dhéanann tusa bun na mballaí, déanfaidh mise an barr.' D'oibrigh siad leo, an sagart ag feadaíl leis féin, Bidín ag casadh píosa beag d'amhrán ar an sean-nós anois is arís. I lár an lae chuir siad fataí sa luaithreach a bhí fágtha i ndiaidh dóibh an tuí agus an féar a dhó. Tar éis cúpla uair an chloig bhí fataí acu a bhí chomh blasta is a d'ith an sagart ariamh.

'An ndéanann tú mar sin i gcónaí iad? ar sé.

'Ní minic a bhíonn tine sách mór agam, no fataí ach an oiread,' ar sí. 'Bím ag bailiú na bpóiríní beaga a fhágann daoine ina ndiaidh sna garrantaí. Bíonn neart acu ann an t-am seo bliana, ach bíonn sé deacair ceann ar bith a fháil amach sa bhliain.'

'Dhéanadh mo mháthair i gcónaí mar sin iad nuair a bhí mé óg, i ndiaidh na dtinte cnámha, ar Fhéile tSín tSeáin,' arsa an sagart. 'B'in é an lá a d'itheadh muid na fataí nua den chéaduair, ach chuirimis cuid de na seanfhataí sa luaithreach le n-ithe lá arna mhárach.'

Bhíodar ag tosú ag caint ar an seansaol sin nuair a thug siad faoi deara gluaisteán ag stopadh ar an mbóthar ar an taobh ó dheas díobh. Tháinig fear in éadaí dorcha ina dtreo trasna an phortaigh.

'An sáirsint,' arsa an sagart.

'Go bhfóire Dia orainn,' arsa Bidín. 'An mar gheall ar na mná sin a chuir mé an ruaig orthu an lá cheana é, meas tú?'

'Ní tusa atá uaidh ach mise, déarfainn,' a d'fhreagair Mac Diarmada.

'Tuige an mbeadh sé i do dhiaidhse?'

'Gan cáin a íoc ar mo charr. Mar gheall ar na bóithre. Ceapaim gur dhúirt mé rud éicint faoi an lá cheana.'

'An bhfuil sé le thú a thabhairt leis anois?'

'Tá súil agam nach bhfuil,' ar seisean. 'Nuair nach bhfuil ceann ar bith ar do theach. Tugann siad cúpla lá do dhuine go hiondúil, le fáil faoi réir.'

Chaintigh an sáirsint faoi chuile rud beo, ach an fáth a raibh sé ann. Labhair sé faoin aimsir, faoi chúrsaí peile is iománaíochta, faoi phraghas na mbeithíoch, fiú. Bhí talamh ar cíos aige in aice leis an mbeairic. Dhearg sé a phíopa go cúramach. Thug sé a bhreith ar an obair a bhí ar siúl acu. Thairg sé cúnamh, dá mbeadh sé sin ag teastáil. Tháinig sé chuig an bpointe sa deireadh: 'Tá a fhios agat go bhfuil an diabhal sin de bharántas caite sa mbeairic i gcónaí.'

'Dúirt tú rud éicint faoi an lá cheana.' Thug an sagart ceann na téipeanna tomhais dó. 'Beir uirthi sin. Tá sé chomh maith dom obair a bhaint asat ó tharla anseo thú.'

Chuaigh Bidín ar ais chuig a jab féin, ag plé leis an aol taobh istigh ionas go mbeadh sí as bealach an tsáirsint.

'Ba chuma liom féin faoi,' arsa an sáirsint leis an sagart, 'ach go bhfuil an diabhal de chigire ag cur na cosa uaidh, ag iarraidh orm an fhíneáil a bhailiú. Deir sé go raibh an Ceannfort ag iarraidh go mbaileofaí chuile phingin atá amuigh ar dhaoine idir seo agus Oíche Shamhna.'

'Tuigim do chás go maith, a Taim,' arsa an sagart leis, 'ach tá a fhios agat féin go maith nach bhfuil mé lena híoc. Tá na bóithre ina ndiabhail uilig thart anseo le sclaigeanna. Ní fheicim bealach ar bith eile le haird a tharraingt ar an bhfadhb.'

'Ní maith liom gur mise an duine a chaitheann tú a chur chun bealaigh.'

'Tá a fhios agam é sin, ach dá n-íocfainn anois í, bheinn ag ligean síos na ndaoine a sheas an fód go dtí seo ar mhaithe le bóithre cearta.'

'Ní fheicim mórán de na boic mhóra ag dul go príosún mar gheall orthu. Ní fheicfidh tú lucht gaimbín, ná múinteoirí scoile, ná an dream a bhfuil na jabanna maithe acu sa Raidió ag seasamh an fhóid faoi rudaí mar seo.'

'Sin é gnaithe siadsan, a Taim. Ní fhéadfá a

leithéid a dhéanamh mar gheall ar do jabsa ach an oiread,' arsa an sagart. 'Ach nílimse ag obair don Stát. Ar mo leithéidse, nach dtabharfar bata is bóthar dó mar gheall ar sheasamh a thógáil, a thiteann an dualgas rud éigin a dhéanamh faoi.'

'Céard a déarfas an t-easpag?' a d'fhiafraigh an sáirsint de Bheartla.

'Tá sé céad faoin gcéad taobh thiar díom ar an gceann seo. Ach ní féidir leis mórán a rá nó bheadh lucht nuachtán ag fiafraí cén fáth a bhfuil sé ag moladh do dhaoine an dlí a bhriseadh.'

'Is cuma leat mar sin dul suas chuig an teach mór?'

'Moinseó is dóigh?'

'Sin é atá ar an mbarántas, ach ní fhágfar i bhfad ann thú, déarfainn. Is beag áit folamh atá ann i láthair na huaire.'

'Cá fhad go mbeidh sibh dom' thógáil?'

'Ag tús na seachtaine seo chugainn, is dóigh. Níl an Ceannfort ag iarraidh aon phoiblíocht, mura mhiste leat. Cuireann gleo mar sin trína chéile ar fad é, an fear bocht. Sin é an fáth nár thug siad dáta cinnte dom. Ar fhaitíos go mbeadh picéad agus poiblíocht ann, an dtuigeann tú?' Bhí cosúlacht ar an sáirsint go raibh sé sórt náireach mar gheall ar a raibh le déanamh aige.

'Ná bíodh imní ar bith ort, a Taim. Nílimse le

réabhlóid a thosú. Ach ní chuile lá a chuirtear sagart i bpríosún, agus ní bheidh se éasca poiblíocht a sheachaint.'

Ar nós gur margadh a bhí á dhéanamh aige leis an sáirsint idir chúrsaí ama is poiblíochta, dúirt an sagart: 'Ba mhaith liom díon an tí seo a bheith faoi réir sula gcuirfear chun bealaigh mé, ionas nach mbeidh braon anuas ar Bhidín anseo.'

'Má choinníonn tú ort mar atá tú . . .' a dúirt an fear eile.

'Má sheasann an aimsir . . .'

'Le cúnamh Dé. . .'

'Ach céard is féidir liom a dhéanamh i rith an deireadh seachtaine?' a d'fhiafraigh an sagart de. 'Bíonn ar mo leithéid beagán oibre a dhéanamh san oíche Dé Sathairn is Dé Domhnaigh. Agus ní dea-shampla a bheadh ann a bheith amuigh ar bharr tí ar an tSabóid.'

'Fiafróidh mé den chigire é.'

'Ní dóigh liom gur bithiúnach chomh mór sin mé, go gcaithfear mé a chur i ngéibheann Dé Luain nó Dé Máirt go háirid.'

'Déanfaidh mé mo mhíle dícheall, ach ní mé an *boss,* tá a fhios agat. Caithfidh mé tacsaí a ordú freisin le tú a thabhairt ann. Cloisim nach gach fear hacnaí atá sásta tú a thabhairt go Moinseó.'

'Céard tá cearr leis an scuad?'

'Nach bhfuil an clog imithe timpeall faoi dhó inti sin? Tá an t-ádh orainn ar bhealach go bhfuil na bóithre chomh dona. Is ar éigean a choinneodh sí sin suas le rothar gan solas, gan trácht ar ghadaí i gcarr mór goidte.'

'Beidh mo mhála pacáilte agam ón gCéadaoin ar aghaidh,' arsa an sagart. Agus an sáirsint ag imeacht uaidh trasna an phortaigh, thosaigh sé ar an amhrán a bhí ceaptha faoina dhul go príosún:

'Beidh mé ag dul go *Spike Island* ar saoire,
Mar nár íoc mé aon cháin ar mo charr,
Agus tugadh isteach os comhair cúirte mé,
An lá cheana i gCaisleán a' Bharr . . .'

'Is cosúil gur fear lách é,' arsa Bidín faoin sáirsint, nuair a d'imigh sé.

'Is fear lách é Taim, cinnte, ach is fear glic é chomh maith. Ní inseodh sé dom cá fhad eile go mbeadh siad dom' thógáil, cé gur beag an dabht atá ach gur maidin Dé Luain a bheas ann. Déanfaidh sé rud ar bith le poiblíocht a sheachaint.'

D'oibrigh siad leo go dtí go raibh sé thart ar a sé tráthnóna. Bhí na rataí réitithe ag an sagart, aol curtha ag Bidín ar an gcuid is mó dá teachín ar an taobh istigh, an bheirt acu breá sásta leis an lá oibre.

*   *   *   *

Thaitin Angela agus Jaqui go mór le Bidín ón nóiméad a casadh uirthi iad, nuair a thug an sagart chuig an mbus í ar maidin lá arna mhárach. Thóg siad orthu féin thar ceann an Chlub Bidín a thabhairt chuig an mbaile mór. Bhí siad le cuidiú léi éadaí nua a roghnú, agus a gruaig a fháil cóirithe i siopa gruagaireachta. Ní raibh oiread airgid idir lámha acu ariamh is a bhí tugtha dóibh ag an gCoiste Sóisialta an lá sin le caitheamh ar Bhidín.

Faoin am ar shroich an bus imeall na cathrach, shílfeá go raibh aithne ag an triúr acu ar a chéile le fada. Bhí sórt drogaill orthu ar fad roimh an lá i dtús báire, cheal aithne ar a chéile. Ach is mó an taitneamh a bhain siad as an gcuideachta de réir mar a bhíodar ag cur aithne ar a chéile.

Rinneadar staidéar ar chuile fhear a thóg an bus ar an mbealach, céard a cheap siad de, cén chuma a bhí air, cén chaoi ar thaitin sé leo. Bhí a sciotaíl agus a cogarnaíl le cloisteáil ar fud an bhus, ach ba chuma leo. Bhíodar amuigh ar spraoi.

'Cén siopa ina dtosóidh muid?' a d'fhiafraigh Jaqui den bheirt eile nuair a bhíodar gar don Stáisiún.

'Cén áit ba mhaith leat a ghabháil?' arsa Angela le Bidín.

'Is mó atá a fhios agaibhse faoi *knickerses* ná mise,' ar sí ar ais, agus is beag nach raibh siad ag titim amach as na suíocháin le gáire nuair a stop an bus.

Chum siad scéal difriúil do chuile shiopa. Dúirt siad in áit amháin go raibh Bidín tar éis éalú ón bpríosún. In áit eile dúirt siad gur scaoil sí í féin amach as teach na ngealt 'gan luid uirthi.' Lig siad orthu gurb iad a beirt iníonacha iad.

'Nach n-aithneofaí aisti muid?' ar siad le cailín an tsiopa.

'Choinnigh muid sa seomra folctha í ar feadh trí mhí, mar nach dtabharfadh sí cead ár gcinn dúinn ár rogha rud a dhéanamh,' arsa Jaqui i siopa faisin. 'Sin é an fáth a bhfuil a gruaig ag breathnú chomh haisteach sin. Chodail sí san fholcadán.' Lig Angela racht gáire leis an gcailín a bhí ag breathnú go haisteach uirthi.

'Ag pleidhcíocht atá siad,' arsa Bidín, ag gáire. 'Nach iad na diabhail iad.'

Nuair a bhí roinnt mhaith éadaí ceannaithe acu, thug siad a n-aghaidh ar an siopa gruagaireachta. Shíl na cailíní go raibh Bidín ag dul beagáinín thar fóir nuair a dúirt sí go raibh sí ag iarraidh a gruaig a dhathú.

'Nach bhfuil do ghruaig níos nádúrtha mar atá sí?' arsa Jaqui.

'Bhí gruaig dhonn orm nuair a bhí mé óg.'

'Lig léi.' Chaoch Angela a súil ar Jaqui.

Thaispeáin an gruagaire samplaí de na dathanna a bhí le fáil do Bhidín, mar aon le pictiúir de stíleanna éagsúla gruaige. Shocraigh sí ar an stíl is mó a bhí san fhaisean, sórt catach, gearr. Mar go mbeadh sí ansin ar feadh cúpla uair an chloig, d'imigh na cailíní amach ag siúl na sráideanna agus ag breathnú sna siopaí.

Cheannaigh siad seoda beaga lámhdhéanta ó fhear féasógach a raibh cóta mór cosúil le pluid air. Bhí fáinní cluasa agus bráisléid air chomh maith agus cheap Angela go raibh sé go hálainn. Chaith siad tamall i siopaí ceirníní agus ag breathnú ar éadaí faiseanta, ach is beag airgead dá gcuid féin a bhí acu.

'Cá ngabhfaimid anois, a Angela?' Bhí tuirse ag teacht orthu ó a bheith ag siúl na sráideanna agus ag breathnú sna fuinneoga.

'Síos chuig an margadh.'

'Cén margadh?'

'Margadh na mbeithíoch,' arsa Angela.

'Cá fhad ó thosaigh tusa ag cuir suime sa stoc? Ní aithneofá bodóg ó bhó.'

'D'aithneoinn, muis, ach tá a fhios agam gur

tarbh is túisce a d'aithneofása, nó stail.' Thug sí
brú cairdiúil do Jaqui.

'An gcuimhníonn tú ar thada eile ach fir? Tá a
fhios agam anois cén fáth a bhfuil tú ag iarraidh dul
chuig an margadh. Is ann atá Seáinín inniu. Bíonn
sé ag obair le Máirtín Bheartla Taim chuile
Shatharn.'

'Bainfimid geit as,' arsa Angela go haerach.
'Ní bheidh súil ar bith aige muid a fheiceáil ar an
mbaile mór.'

'Feicim go bhfuil tú féin is é féin ag éirí
an-mhór le chéile le gairid.' Ní raibh cuma
róshásta ar aghaidh Jaqui. Chroith Angela a guaillí:
'Nílimid. Má tá féin, cén dochar? Nach bhfuil sé
ar nós muid féin?'

'Feicim go dtugann sé marcaíocht duit chuile
thráthnóna a mbíonn iomramh ann.'

'Marcaíocht!' Lig Angela racht gáire aisti féin.
'Coinnigh glan é.'

Ní dhearna Jaqui gáire ar bith: 'Marcaíocht ar
scútar ar ndóigh . . .'

'É sin nó siúl na gcos? Níl *Range Rover* ar bith
againne. Rachainn ann ar ghluaisrothar Shéarlais,
ach go dtagann seisean an bóthar íochtarach ar an
mbealach ón obair.'

'Shílfeá go mbeadh náire ort,' arsa Jaqui.

'Náire faoi céard?'

'An chaoi a mbíonn tú ag tláithínteacht leis.'

'Mise?' Bhí iontas le tabhairt faoi deara i nguth Angela. 'Le Seáinín?

'Cé eile a chaithfeadh mionsciorta agus *tights* i gcurach? Bheadh sé chomh maith duit do thóin ar fad a thaispeáint dó. Níl sna *tights fishnet* sin ach eangacha le breith ar bhuachaillí.'

'Ní ar mhaithe le Seáinín Folan nó aon Seáinín eile a chaithimse mo chuid éadaí. Sin í an stíl a thaitníonn liom féin agus ní call duit éad ar bith a bheith ort. Níl neart ar bith agamsa air má thaitnímse le Seáinín.' Chuir Angela a cloigeann san aer.

'Mura bhfeiceann sé ach cosa agus tóin.' Bhí níos mó gangaide anois ar Jaqui. 'Bíonn na héadaí céanna ort i gcónaí. Bíonn daoine ag déanamh iontais an athraíonn tú go deo iad.'

'Tá tusa gránna, a Jaqui Chofaigh. Ním péire *tights* chuile oíche. Níl siopa dá cuid féin ag chuile dhuine.' Shiúil Angela uaithi, olc uirthi.

'Cá bhfuil tú ag dul anois?'

'Nach cuma dhuit.'

'Gabh i leith. Ní raibh mé ach ag magadh.' Rith Jaqui i ndiaidh a carad. 'Fan liom.'

'Focáil leat.' Dheifrigh Angela uaithi.

'Tá brón orm.' Choinnigh Jaqui suas léi. 'Bhí éad orm. Bhí an ceart agat.'

Stop Angela, meangadh gáire ar a béal. 'An raibh tú i ndáiríre? Éad ort liomsa? Tusa a bhfuil chuile rud agat.'

'Ceapaim go bhfuil mé i ngrá le Seáinín,' arsa Jaqui.

Chroith Angela a guaillí: 'Agus . . .'

'Bhuel, céard fútsa?' arsa Jaqui.

'Is maith liom é, leaid deas é. Ach fir is fearr liomsa.'

'An cuma leat?'

'Bhuel, tá a fhios agat féin na buachaillí. Ní fiú a bheith ag troid faoi. Céard tá ann ach gasúr i ndáiríre?'

'Éist le mamó ag caint,' arsa Jaqui. 'Tá sé ar an aois chéanna linne.'

'Ach tá a fhios agat féin na buachaillí,' arsa Angela. 'Ní fhásann siad aníos ar an mbealach céanna. Chomh sciobtha céanna, atá mé ag rá.'

'An bhfuil tú ag rá nach bhfuil a fhios aige céard le n-aghaidh a bhfuil sé aige?' Rinneadar sciotaíl gáire.

'Le tae a chorraí,' Gháir Angela. Bhíodar ina gcairde arís.

'Ach cén sort bainne a chuireann sé sa tae?'

'Tá an diabhal ortsa. Ní bheidh mé in ann tae a ól go deo arís.' Thosaigh Angela ar amhrán de chuid Thomáis Mhic Eoin a chasadh:

'D'éirigh mé ar maidin,
agus chuaigh mé ag bleán na mbó . . .'

'Ag bleán an tairbh . . .'
'Tá tusa uafásach uilig.'
'Tá tú féin chomh soineanta sin, bail ó Dhia ort.'

D'fhanadar glan ar mhargadh na mbeithíoch le nach mbeadh Seáinín Folan ag teacht eatarthu arís. Chaitheadar tamall i gceann de na siopaí ba ghalánta ar an mbaile agus bhain triail as na héadaí ba dhaoire a bhí ann. Shiúileadar suas is anuas ar aghaidh an scatháin ar nós mainicíní. Bhí a fhios ag bean an tsiopa chomh maith leo féin gur ag cur amú a cuid ama a bhíodar, ach céard a d'fhéadfadh sí a dhéanamh?

Is ar éigean a d'aithin siad Bidín nuair a shroicheadar siopa an ghruagaire.

' 'Bhfuil a fhios agat,' arsa Angela le Jaqui, 'ach go bhfuil sí an-chosúil le bean an dochtúra.'

'Dá gcloisfeadh an tseanbhitse sin thú . . .' Gháir Jaqui.

'Tá tú ag breathnú thar cionn ar fad, a Bhidín,' arsa Angela, 'iontach amach is amach. Fan go bhfaighfimid na bróga nua duit. Ní bheidh do shárú le fáil ar an mbaile.'

Nuair a bhí na bróga nua ceannaithe, chuadar le haghaidh tae agus cácaí sa mbialann thuas staighre san Ionad Siopadóireachta.

'Nach in í máistreás Bheartla Taim?' Bhí
Angela ag breathnú ar an mbord is faide uathu
istigh sa gcoirnéal.

'Haigh, Mairéad.' Chuir Jaqui a lámh san aer
lena haird a tharraingt. Lig Mairéad uirthi nach
bhfaca sí iad. D'éirigh sí, agus shiúil sí amach as
an mbialann.

'Céard tá uirthi sin ar chor ar bith?' Rinne
Angela iontas di.

'Murach mise a bheith in éindí libh,' arsa Bidín.

'Cén chaoi a n-aithneodh sí thú?' arsa Angela.
'Ní tú an bhean chéanna ar chor ar bith a d'fhág an
baile linn ar maidin.'

'Nach duine de na mná a tháinig ag breathnú
orm an lá cheana í sin?' arsa Bidín.

'Cibé céard atá uirthi,' arsa Jaqui. 'Ní
bhaineann sé linne a bheag nó a mhór, ach rud
éicint atá ar siúl idir í féin agus mo mhamaí.'

'Nach bhfuil an bheirt sin chomh mór lena
chéile,' arsa Angela, 'is atá bó le coca féir.'

'Bhí mo mhamaí an-*upset* nuair a tháinig sí ar
ais ón mbaile mór aréir.'

'A, bhuel, is minic na cairde is fearr ag troid, ar
nós mise agus tusa.'

'Ach ní bheidís sin ag troid faoi fhir mar a
bhíonns muide,' arsa Jaqui.

'Cá bhfios duit?'

'Sean*ladies* mar sin?'

'Ag magadh a bhí mé.'

Bhí Bidín suite siar ina cathaoir, ag breathnú timpeall ar iontais na háite.

'Is geall le Londain anois an áit seo,' ar sí

'Céard é an rud is mó atá athraithe?' arsa Angela. 'Ó bhí tú ann cheana?'

'Praghsanna. Nuair a bhí mise beo ar an saol seo cheana, bhí punt an uair sin chomh maith le céad punt anois.'

'Gabh i leith,' arsa Jaqui. 'Tá sé in am againn breith ar an mbus.'

*   *   *   *

Níor cheap Mairéad go dtarlódh sé ariamh di go mbeadh sí ar nós spiaire a d'fheicfeá i scannán. Bhí sí ag dul isteach i siopa tríd an bpríomhdhoras agus ag éalú amach arís tríd an doras cúil, ag iarraidh éalú ó dhaoine a d'aithneodh í.

'Cén sórt *paranoia* atá ort ar chor ar bith?' a d'fhiafraigh sí di féin.

Cén fáth a raibh sí ag rith ó chúpla gasúr scoile? Ach ní raibh sí réidh fós le Jaqui a fheiceáil. Bhí sí trína chéile. Ní hé go raibh neart ag Jaqui ar céard a tharla sula rugadh í. Ach rud amháin is ea

156

breathnú go loighiciúil ar ar tharla, rud eile ar fad iad na mothúcháin a bhíonn ag duine ina chroí istigh.

Cheannaigh sí buidéal *gin* in ollmhargadh, agus dheifrigh sí ar ais chuig a seomra san Óstlann. D'ól sí deoch nuair a bhí an folcadh ag líonadh le huisce agus é chomh te is a bhí sí in ann a sheasamh. Chaith sí di a cuid éadaí go sciobtha. Bhí siad mar a bheidís salaithe tar éis di Jaqui a fheiceáil. Isteach léi san fholcadán, an buidéal i lámh amháin agus an ghloine sa lámh eile aici.

Rinne sí gáire íorónta léi féin nuair a chuimhnigh sí ar an bhfáth a thóg mná eile folcadh dá shórt, folcadh *gin*. Ní raibh an trioblóid sin aici, faraor. Ach ní bheadh sí ag iarraidh páiste Mháirtín anois, a chuimhnigh sí, fiú dá mbeadh sí in ann gasúir a bheith aici. Bheadh gráin aici ar a leithéid.

Den chéad uair ina saol smaoinigh sí ar dhul le fear eile.

'Ba cheart dom duine a phiocadh suas, striapach a dhéanamh díom féin,' a dúirt sí léi féin ina hintinn. 'Beidh an foc is fearr a bhí ariamh agam, leis an gcéad fhear a chasfar orm thíos staighre,' ar sí léi féin. 'Múinfidh sé sin ceacht do Mháirtín, an bastard.'

Bhí sí róchompordach leis an bhfolcadh a fhágáil. An-tuirse uirthi tar éis oíche gan chodladh, agus bhí an t-ól ag dul chun a cloiginn. Thit sí ina codladh tar éis tamaill. Níor dhúisigh sí gur thosaigh uisce ag dul siar ina béal. D'éirigh sí de gheit, an t-uisce fuaraithe, buidéal agus gloine ag snámh timpeall.

'Faraor nár báthadh mé,' ar sí os ard, fios aici ag an am céanna nár theastaigh uaithi bás a fháil. Bhí sí strompatha leis an bhfuacht, a cloigeann uafásach tinn. Scaoil sí leis an méid a bhí san fholcadán agus líon sí suas é le huisce te, len í féin a théamh. Nuair a bhí an fuacht imithe as a cnámha sheas sí amach ar an urlár. Is beag nár thit sí. Thuig sí den chéad uair cé chomh mór ar meisce is a bhí sí i ndáiríre. Chaith sí í féin isteach sa leaba. Tharraing sí na pluideanna aníos uirthi mar a raibh sí. Thit sí ina cnap codlata ar an toirt.

Níor dhúisigh Mairéad go dtí a naoi a chlog ar maidin lá arna mhárach, cúig huaire déag codlata déanta aici. Chuir sé iontas uirthi nach raibh cloigeann tinn uirthi, gur airigh sí i bhfad níos fearr ná mar a bhí sí an lá roimhe sin. Ní hé go raibh Máirtín agus Áine maite aici ná rud ar bith mar é. Ach mhothaigh sí go raibh sí in ann a haghaidh a thabhairt ar an saol. Ar dhíoltas a bhí a hintinn dírithe go huile agus go hiomlán anois aici.

Chuimhnigh sí go raibh díoltas in aghaidh a creidimh, in aghaidh gach ar mhúin sí ariamh do ghasúir na scoile. Ach ba mhór idir inné agus inniu. Bhí an saol sin tite as a chéile anois. Nach as an díoltas a bheadh an sásamh le fáil. Bheadh orthu fulaingt, mar a bhí uirthi féin fulaingt.

Cén chaoi a mbainfeadh sí díoltas amach? Luí le Jeaic? Chuir an smaoineamh sin déistin uirthi. Bhí sé chomh sleamhain sin ag breathnú ar bhealach éicint. Céard é an rud is mó a ghortódh iad? Jaqui, ar ndóigh. Í a fháil i dtrioblóid le buachaill. Cathú a chur ina bealach, an láir agus an stail a fhágáil in éindí, ligean dó tarlú go nádúrtha. Bhí a fhios aici go raibh Jaqui mór le Seáinín, an buachaill a chuidigh le Máirtín gach Satharn. Gheobadh sí bealach le hiad a fhágáil le chéile sa teach.

Bhain sí sásamh as an smaoineamh sin, Jaqui ag iompar tar éis a bheith le Seáinín i leaba Mháirtín. Peaca na n-aithreacha agus na máithreacha á n-imirt ar an gclann. Ní bheadh sé ceart ná cóir, ach cuimhnigh ar an sásamh! Scannán a rinneadh ar úrscéal de chuid Fay Weldon a tháinig ina hintinn: *'The Lives and Loves of a She-Devil'* nó rud éicint mar sin a bhí air. Shíl Mairéad ag an am gur seafóid amach is amach a bhí ann. Ach thuig sí anois céard is díoltas ann.

Is ar éigean a d'aithin Mairéad í féin agus smaointe mar sin aici. Bhí sé mar a bheadh an diabhal imithe isteach inti, a cheap sí, agus an rud ab iontaí ar fad faoi, ba chuma léi. Bhí sí chomh trína chéile, chomh gortaithe sin. Cé go raibh a fhios aici ina croí istigh nach fíor sin shíl sí nach bhféadfadh éigniú fisiciúil a bheith tada níos measa ná a bheith ligthe síos mar a bhí sí ag a cara.

Ghabhfadh sí ar ais chuig Máirtín, a cheap sí, ní mar go raibh aon ghrá aici dó, ach mar gur ansin a bhí a saol, a post múinteoireachta. Bhí sí cinnte dearfa gur cheart di é a fhágáil, ach d'airigh sí go raibh sí róshean le tabhairt faoin saol as an nua. Ghabhfadh sí ar ais ar a téarmaí féin. Ní chodlóidís in éindí go deo arís. Bheidís in aontíos, ach sin é an méid de phósadh a bheadh acu. Agus ar ndóigh, bheadh díoltas aici, ar ais nó ar éigean.

Chuaigh sí chuig Aifreann an Domhnaigh, as taithí na mblianta níos mó ná as rud ar bith eile. Go tobann a tháinig an smaoineamh chuici go raibh mallacht Dé, an mhallacht a chuir Bidín orthu ar an bportach tite anuas uirthi. Bhí lámh Dé leagtha uirthi. In ainneoin ar dhúirt an sagart faoi na mallachtaí, d'airigh Mairéad go raibh baint acu lena trioblóid.

Bhí lón aici i mbialann an Óstáin, cúpla gloine fíona lena béile. Bhí sí réidh ansin le haghaidh a thabhairt ar an mbaile. Fuair sí tacsaí siar. Chosain sé an t-uafás, cheap sí, ach nár chaith Máirtín an méid céanna chuile thráthnóna sa teach ósta. Cén mhaith airgead nuair atá do dhomhan tite as a chéile? Ní bheadh sí gortach léi féin ní ba mhó. D'airigh sí go raibh sí léi féin ar an saol anois. Bhreathnódh sí amach di féin amháin.

Ní raibh Máirtín sa mbaile roimpi. Ní raibh aon súil aici go mbeadh, agus na tithe ósta oscailte. Bhí cosúlacht ar an seomra suite gur ar an tolg a chodail sé nuair a bhí sí imithe, pluid caite air, buidéal folamh fuisce thíos faoi. Bhuel, ní raibh sí ag dul ag glanadh suas i ndiaidh an bhastaird. D'oscail sí an fhuinneog le haer úr a ligean isteach sa seomra, ach d'fhág sí gach rud mar a bhí fágtha aigesean. Thug sí an teilifísean beag ón gcistine isteach sa seomra codlata. Chuir sí glas ar an doras. Chaithfeadh na páipéir Domhnaigh agus na cláracha teilifíse an chuid eile den lá di.

*   *   *   *

Rinne an sagart, Beartla Mac Diarmada, agus Bidín Shaile Taim lá maith oibre amuigh ar an bportach arís ar an Luan dár gcionn. Bhíodar ag iarraidh oiread ab fhéidir a bheith déanta acu sula dtiocfadh na gardaí le Beartla a thabhairt chuig an bpríosún. Ach cé gur chaith siad an lá ar fad ag faire ar an mbóthar, níor tháinig garda ar bith.

Bhí na rataí agus na maidí teagmhála socraithe ag lár an lae, agus chaith siad an tráthnóna ag plé leis an sinc-chumhdach, an sagart ar bharr an tí, Bidín leath bealaigh suas an dréimíre, ag coinneáil tairní leis. Faoin am ar chríochnaigh siad tráthnóna, bhí ceann láidir, tirim ar an teach.

'Dá mbeadh leaba agus sornóg anois agat, agus an doras crochta, ní bheadh cúrsaí ródhona,' ar seisean. 'Ach féadfaidh tú fanacht i mo theachsa ar aon chaoi, fiú amháin má thugann siad chun bealaigh mé.'

'B'fhearr liom a bheith anseo i m'áit féin,' arsa Bidín, 'ná bheith istigh i lár an bhaile, agus tú imithe. Nach bhfuil an teach míle uair níos fearr anois ná mar a bhí sé?'

'Tabharfaimid an leaba ann, an chéad rud ar maidin. Déanfaidh an seandoras tamall eile, le cúnamh Dé.'

Tacsaí mór *Mercedes* a tháinig lena bhailiú lá arna mhárach. Mar a thuar an sáirsint, ní raibh aon charr áitiúil sásta é a thabhairt go Príosún Moinseó. B'éigean dóibh ceann a ordú as an mbaile mór. D'fhág sé slán ag Bidín. Tháinig sórt tocht ina scornach agus é ag breathnú uirthi ina seasamh le taobh an tí, nuair a bhí an gluaisteán ag imeacht. Ní raibh aithne aige uirthi ach le seachtain nó mar sin, ach is beag nach raibh sí mar a bheadh máthair aige cheana.

Stop an carr ag a theach le seans a thabhairt dó a chuid éadaí a bhailiú. Cé gur lean duine de na Gardaí ón mbaile mór isteach sa teach é, thapaigh an sagart a dheis le glaoch teileafóin a chur ar chara leis sa Raidió. Cibé céard dúirt an sáirsint, bhí sé ar intinn aigesean oiread poiblíochta agus ab fhéidir a bhaint as an eachtra, ar mhaithe leis na bóithre a fháil deisithe.

Chaintigh sé féin, na Gardaí agus an tiománaí ar chuile rud ach an príosún. Bhí tost ann nuair a tháinig an scéal ar cheannlínte na nuachta go raibh sé tógtha, agus go raibh súil leis i Moinseó thart ar a cúig.

'Beidh an ceannfort le ceangal,' a dúirt an duine is óige de na Gardaí tar éis tamaill.

'Ach cén chaoi a bhfuair siad amach é?' a d'fhiafraigh a chomrádaí de.

'Ní tharlaíonn rud ar bith i nganfhios ar an mbaile s'againne,' a deir an sagart.

Bhíodar ag tarraingt ar Bhaile Átha Luain nuair a chuimhnigh Beartla Mac Diarmada nach raibh éadaí leapa ar bith tugtha leis aige. D'iarr sé cead dul isteach in ollmhargadh le péire pitseámaí a cheannach. Ní mó ná sásta a bhí an tiománaí gan deis a bheith aige siúl a dhéanamh ar an droichead nua. Ach ní raibh de rogha aige ach toil na nGardaí a dhéanamh.

Agus é san ollmhargadh bhuail an smaoineamh an sagart go bhféadfadh sé éalú, léim isteach sa tSionainn agus iarracht a dhéanamh snámh ar ais go Cúige Connacht.

'Murach an t-uisce a bheith chomh fuar sin,' ar sé leis féin. 'Más poiblíocht atá uaim, sín é an bealach le í a fháil, ach is dóigh nach mbeadh de thoradh ar an iarracht, ach tuilleadh príosúin. Nó bás . . .'

Ní fada a thóg sé ar an ngluaisteán mór an bóthar ó Áth Luain go Baile Átha Cliath a ghiorrú. Thug an sagart faoi deara go raibh seachtó cúig míle san uair á dhéanamh ag an tiománaí ar an mbóthar soir in aice leis an mBóthar Buí. Bhí sé ag tnúth go mbéarfadh scuadcharr orthu agus an dlí á bhriseadh acu, ach níor tharla sé. Bhí tuairim mhaith aige gurb é a bhí uathu ná a bheith i Moinseó roimh an chúig, le go mbeadh sé taobh istigh sula gcuirfí picéad ar bun.

Thriail sé moill a chur orthu trí dhul chuig an leithreas ag stáisiún peitril i Séipéal Íosóid. Rinne sé casaoid nach raibh aon rud le hithe aige ó am bricfeasta: 'Ní raibh an cupán tae féin agam.'

'Ní raibh tada againne ach an oiread,' a dúirt an Garda is sine.

'Ach beidh béile mór millteach agaibh comh luath is a fhaigheann sibh réidh liomsa,' arsa an sagart, idir shúgradh is dáiríre. 'Feoil agus fataí agus piontaí móra dubha pórtair.'

'Ó, stop,' arsa an Garda óg. 'Tá tú ag cur ocrais orm.'

Dúirt an Garda eile leis go mbeadh an tae roimhe sa phríosún. Tugadh cead dó milseáin a cheannach leis an ocras a mhaolú, ach ghluais siad ar aghaidh go sciobtha ina dhiaidh sin go dtí gur chuir an trácht moill orthu cúpla céad slat ó Mhoinseó.

Is gearr go raibh criú ceamara ó RTÉ agus tuairisceoir ó Scéala Éirinn ag bualadh ar an bhfuinneog. D'éirigh leo agallamh gearr a chur air go dtí gur ghluais an sruth tráchta ar aghaidh arís:

'Céard a cheapann tú faoi ghabháil go príosún?'

'Táim ag tnúth go mór leis.'

'Nach bhfuil faitíos ar bith ort?'

'Cén fáth a mbeadh?'

'SEIF agus gach rud.'

'Níl sé tógálach . . .'

'Céard a cheapann d'easpag?'

'Caithfidh sibh an cheist sin a chur air féin.'

Chuala sé an Garda is sine ag rá: 'Dún an *focin* fuinneog.' Ach bhí na ceisteanna ag teacht i gcónaí:

'Ar cheart tuilleadh sagart a ghabháil go príosún?'

'Ní insímse a ghnaithe d'aon neach.' Chuimhnigh sé air féin: 'Ach amháin an Chomhairle Contae.'

'Bhfuil na bóithre chomh dona is a bhíonn sibh ag rá?'

'Cén fáth nach dtéann sibh siar lena fháil amach?' Thosaigh an gluaisteán ag bogadh ar aghaidh.

'Tá duine éicint ag oibriú an chloiginn orainne.' Bhí olc ar an nGarda chun tosaigh. 'Beimid i dtrioblóid leis an gCeannfort nuair a ghabhfaimid siar.'

'Cuir an milleán ar fad ormsa,' a deir an sagart. 'Scríobhfaidh mé chuig an Ceannfort más maith leat, leis an gcás a mhíniú.'

'Ná déan. Ceapfaidh sé go raibh muid páirteach sa tseafóid sin.'

D'imigh na Gardaí chomh luath is a bhí Mac Diarmada sínithe isteach sa bpríosún acu. Baineadh de a chuid airgid agus eocracha, chomh maith lena chrios, agus tugadh dó éadaí géibhinn. Thuig sé céard a bhí i gceist ag daoine a bhíodh ag rá gur baineadh díobh a ndínit. Tugadh isteach i gcillín beag gar do dhoras an phríosúin é, *holding*

166

cell, mar a thug siad air, an fhad a bheidís ag socrú cá gcuirfí é.

*   *   *   *

'*No reply.* Chaith Rosaleen Adams an lá ar fad ag triail na n-uimhreacha a thug an Cumann Altramais di in Éirinn. Bhí sí ag rá léi féin go mb'fhearr léi gan aon rud a bheith cloiste aici faoi seo ar chor ar bith. Cé gur dhúirt a tuismitheoirí léi nuair a bhí sí óg gur glacadh ar altramacht í, níor thriail sí ariamh teagmháil a dhéanamh leis an mbean a thug ar an saol í. Shíl sí ar bhealach éicint gur masla dá mamaí agus dá daidí, mar a thug sí orthu, a bheadh ann.

Baineadh geit aisti nuair a chuala sí go raibh iarracht déanta thar cheann a breithmháthar fáil amach cá raibh sí. An mbeadh sí sásta castáil léi, an chéad cheist eile. Ní raibh a fhios aici i dtosach an raibh sí ag iarraidh castáil leis an mbean a thréig ina páiste í. Bhí a fhios aici ag an am céanna go mbeadh sí fiosrach, míshuaimhneach go dtí go gcasfaí ar a chéile iad.

An chomhairle chéanna a chuir a fear, a máthair agus a hathair uirthi. Fágadh fúithi féin é. Bhí sí ar buile leo ar thaobh amháin, cén fáth nach raibh duine éicint in ann rud cinnte a rá, inseacht céard ba cheart di a dhéanamh. Bhí a fhios aici ag an am céanna go raibh an ceart ar fad acu. Ba cinneadh é a chaithfeadh sí féin a dhéanamh.

Anois go raibh an cinneadh déanta, ní raibh aon fhreagra ón uimhir in Éirinn. Sagart Caitliceach a bhí ag iarraidh an teagmháil a dhéanamh thar ceann a máthar, ach bhí an chosúlacht ar an scéal nach raibh sé sa mbaile lá ná oíche. Ghlaoigh sí arís ar an gCumann Altramais. Sheiceáilfidís, a dúirt siad. Ghlaoifidís ar ais.

Chuimhnigh Rosaleen arís ar a cuid gasúr, Sharon, seacht mbliana, agus Alan, cúig. B'fhearr gan aon rud a rá leo, a cheap sí. Go fóill ar chaoi ar bith. Muna n-oibreodh rudaí amach, bheidís chomh maith céanna as, gan fios ar bith a bheith acu. Bhí *Gran* agus *Grandma* acu cheana, a smaoinigh sí. Céard a thabharfaidís ar an gceann seo? *Granny,* b'fhéidir.

Ghlaoigh an Cumann ar ais. Bhíodar tar éis a bheith ag caint leis na Gardaí in Iarthair na hÉireann. Bhí an sagart, Beartla Mac Diarmada, a rinne iarracht ar theagmháil a dhéanamh léi tugtha go príosún an mhaidin sin.

'An ag magadh fúm atá sibh?' ar sí agus fearg uirthi.

'Ní rud coiriúil atá ann, a deirtear linn. Prionsabal, a deir siad, rud éicint faoi pholl sa mbóthar. Tá a fhios agat féin na hÉireannaigh.'

Chuimhnigh Rosaleen gur Éireannach a bhí inti féin anois. Ag an nóiméad sin thóg sí ina hintinn taisteal go hÉirinn ar an gcéad deireadh seachtaine a bheadh saor óna cuid oibre mar bhanaltra i St. John's Wood. Thabharfadh Tony aire do na páistí.

*   *   *   *

I gcillín cúng íseal brocach a cuireadh an sagart, Beartla Mac Diarmada, cosúlacht ar an áit nár scuabadh leis na cianta í. Bhí cóip den *Daily Mirror* ó thús na bliana mar chuid den bhruscar ar an urlár, i measc paicéidí folmha toitíní, páipéirí milseán agus gach sórt brocamais eile.

Léigh sé na rudaí a bhí scríofa ar na ballaí, ainmneacha, nó leasainmneacha daoine, na dátaí ar cuireadh isteach iad, an tréimhse a gearradh orthu. Ina measc bhí ainm agus dátaí príosúin Thaoiseach an lae, rud a thaispeáin go raibh cumas maith grinn ag duine bocht éicint a bhí i dtrioblóid é féin.

D'ith sé na milseáin a bhí ina phóca aige leis an ocras a mhaolú. Ar chloisteáil torainn dó taobh amuigh, bhreathnaigh sé amach tríd an ngloine bheag chiorclach a bhí gar do bharr an dorais. Bhí fear óg a bhí ceangailte le slabhra á shracadh tríd an halla taobh amuigh ag beirt de na hoifigigh. Bhí cúr le béal an phríosúnaigh. Duine de lucht drugaí? Más lena scanrú a tugadh thar a dhoras é, d'éirigh leo.

Thug séiplíneach an phríosúin cuairt ansin air, fear i bhfad níos óige ná é féin, cosúlacht air nach raibh sé i bhfad amach as an gcoláiste. Fear lách spraíúil a chuir in iúl dó go raibh Beartla le haistriú go Teach Lachain i gContae an Chabháin.

'Tar éis dom a bheith ag taisteal ar feadh an lae?'

Chroith an fear eile a ghuaillí: Ní mise a dhéanann na cinntí. Tá sórt faitís orthu thú a ligean isteach anseo. Deir siad go bhfuil cuid de na fir chomh mór sin in aghaidh na heaglaise gur dóigh go mbuailfí thú. Ní chreidim sin, ach sin barúil na n-oifigeach, agus is é a dhualgas siadsan thú a choinneáil slán sábháilte.'

'Meas tú an mbeadh seans ar bith ar ruainne beag a fháil le hithe? Táim scrúdta leis an ocras. Níor ith mé aon cheo ó mhaidin.'

'Tá a mbéile tráthnóna ite ag na príosúnaigh cheana,' arsa an fear eile. 'Féachfaidh mé an féidir aon rud a dhéanamh.'

D'imigh an séiplíneach, agus tháinig oifigeach ar ball le cúpla slis de bhuilín agus ubh bhruite, gan scian, forc ná spúnóg.

'Caithfidh sé go gceaptar mé a bheith

an-chontúirteach.' Chaoch an sagart a shúil leis.
'Nuair nach bhfaighim an spúnóg féin.'

'Bhí an t-ádh ort an méid sin féin a fháil.
Murach an séiplíneach . . .'

Bhí oiread ocrais ar an sagart gur chuma leis dá
mba caite ar an urlár a bhí a bhéile. D'fhan an
t-oifigeach a fhad is a bhí sé ag ithe, é ag insint
scéilín dó a cheap sé a bheith thar a bheith barrúil:

'Tháinig bean ghalánta isteach anseo an oíche
cheana ó Amharclann na Mainistreach le dráma a
léiriú do na *lags*. Istigh sa séipéal a bhí sí ag caint
leo, mar nach raibh aon áit eile sách mór. 'Anois, a
bhuachaillí,' ar sí, 'céard a ba mhaith libh a
dhéanamh liom?' Ag caint ar dhráma a bhí sí, ar
ndóigh.

'Tá a fhios agamsa céard a ba mhaith liom a
dhéanamh leat,' arsa duine acu, ag tarraingt amach
a bhoid os comhair chuile dhuine. 'Bhfuil iontas ar
bith ann nach bhfuil siad sásta sagart a ligean
isteach i measc amhais mar sin?'

'Agus céard faoin áit eile?'

'Is cosúil le *Butlins* é, i gcomparáid leis seo.'

Fágadh sa chillín beag sin leis féin é ar feadh
uair an chloig eile. Tugadh amach chuig mionbhus
ansin é. Daoine óga agus a gcuid gruaige bearrtha
is mó a bhí sa bhus. Ní raibh a fhios ag Beartla an

amhlaidh a bearradh sa phríosún iad nó arbh in stíl na cathrach.

Shíl sé gur dóigh nach bhfágfaí ribe ar bith air féin ach an oiread, go dtí gur tháinig fear meánaosta ar an mbus a raibh folt breá gruaige air. Bhí an chosúlacht ar an scéal go raibh aithne mhaith ag an tiománaí ar mo dhuine.

'Tá tú ar ais arís i gcomhair an gheimhridh, a Tommy,' arsa fear an bhus leis.

'Bhí jab agam a fháil ar ais,' a d'fhreagair seisean. 'B'éigean dom trí fhuinneog a bhriseadh i Sráid Uí Chonaill sular bhac siad liom,' a d'fhreagair sé.

Bhí sé oibrithe leis an mbreitheamh: 'Níor thug an diabhal ach trí mhí dom. Ní thabharfaidh sé sin as seo go dtí an Nollaig mé, má bhaineann siad mí de mar gheall ar dhea-iompar. Ach déanfaidh mé cinnte gur drochiompar a bheas ar siúl agam. 'Bhí mé cinnte go bhfaighinn go dtí Lá Fhéile Pádraig, ar a laghad, tar éis dom an méid sin dochair a dhéanamh.'

'Beidh ort neart fuinneog i Sráid Uí Chonaill a bhriseadh i ndiaidh na Nollag mar sin,' arsa an tiománaí.

D'ardaigh sé croí an tsagairt nuair a thug duine de na leaids óga leath-thoitín dó. Bhris sé sin leac an doichill.

'An sagart thusa?' a d'fhiafraigh duine acu de.

'Ní raibh a fhios agam go raibh sé chomh soiléir sin.' Shíl sé nach n-aithneofaí é gan a chuid éadaí sagairt.

'Chuala muid go mbeifeá chugainn. Agus bhí sé ar Raidió a Dó. Ní raibh sagart linn ariamh cheana.'

Bhí Mac Diarmada níos mó ar a shuaimhneas ina dhiaidh sin. Bhí sórt amhrais tagtha air de bharr na rudaí a bhí ráite ag an séiplíneach, agus ag an oifigeach go háirid. Ach ghlac na fir seo leis mar chomhphríosúnach, ba chuma sagart nó tuatach é.

Nuair a shroich an mionbhus baile an Chabháin, shíl an sagart go raibh siad ag tarraingt ar dheireadh an aistir, ach dúirt an tiománaí nach raibh siad mórán thar leath bealaigh. Bhí na bóithre ag éirí níos measa agus is iomaí croitheadh a thug na sclaigeanna don mhionbhus san uair go leith eile a chaith siad ag taisteal ar dhrochbhóithre sula bhaineadar ceann scríbe amach.

Shíl Mac Diarmada gurbh aisteach an rud é a bheith ar a bhealach go príosún ar bhóithre a bhí níos measa ná na bóithre a raibh sé á gcur i bpríosún mar gheall orthu. Dá mbeadh sé ina lá, a cheap sé, d'fhéadfadh duine breathnú ar an timpeallacht, suim a chur san áit a raibh sé ag dul tríthi.

Ní raibh le feiceáil faoi shoilse an mhionbhus ach portach, crainn agus cnocáin, corrtheach anseo is ansiúd. Ba bhreá leis locháin cháiliúla na háite a fheiceáil. Baineadh an-gheit astu nuair a phléasc ceann de na boinn ar an roth tosaigh agus iad ag coirnéal. D'éirigh leis an tiománaí an mionbhus agus a raibh inti a shábháil, ach bhí an t-ádh leo nach raibh feithicil eile ag teacht nuair a sciorr siad trasna an bhóthair.

B'éigean dóibh dul amach as an mbus faoin mbáisteach nuair a bhí an bonn á athrú. Cé go bhféadfaidís scaipeadh chuile threo, ní raibh fonn éalaithe ar fhir óga na cathrach sa tír choimthíoch sin. B'fhearr leo príosún ná fásach. Bhí sé tar éis a deich nuair a shroich siad Teach Lachain.

Bhí orthu foirmeacha a shaighneáil in oifig an ghobharnóra sular scaoileadh isteach i measc na bpríosúnach eile iad. Tugadh tae dóibh, agus d'airigh Beartla Mac Diarmada ón tús gur folláine i bhfad an áit í ná Moinseó. Thabharfadh sé rud ar bith ar chupán caife, ach rinne an tae cúis.

Taispeánadh a sheomra dó, seomra a chuir saol Mhaigh Nuad a óige i gcuimhne dó. Mhínigh an t-oifigeach a bhí leis gur le haghaidh mic léinn sagartóireachta a tógadh an áit an chéad lá riamh, agus is beag athrú a cuireadh air ó shin.

Ligeadh triúr as an nGaeltacht chun cainte leis

174

ina sheomra níos deireanaí, beirt a bhí istigh mar gheall ar phoitín, agus an tríú duine mar nach raibh na cluaisíní cearta ar a chuid beithíoch. Bhí píosa breá cainte acu faoin saol thiar agus bhí an áit lán deataigh sular imíodar.

Chuimhnigh an sagart ar Bhidín agus í ina cillín beag a bhí níos lú arís ná an áit ina raibh sé féin. Bheadh sí ag caitheamh na chéad oíche faoin sinc, ag déanamh iontais, b'fhéidir, den torann a bhain báisteach agus clocha sneachta as díon an tí. Ach bhí Bidín níos fearr as, a cheap sé, ná go leor a bhí feicthe ó mhaidin aige. Chodail sé ar nós an pháiste tar éis a raibh de thaisteal déanta aige.

Ag brionglóideach ar an bhfear a raibh ceangal slabhra air, agus cúr lena bhéal a bhí sé ar maidin nuair a glaodh air. Chuir sé éadaí an phríosúin air agus chuaigh síos i gcomhair an bhricfeasta. B'fhearr mar bhéile an méid a fuair sé ná mar a d'íosfadh sé sa mbaile, deifir i gcónaí air.

B'as Dún Dealgan na fir óga a bhí ar aon bhord leis, cainteach, glórach. Rug duine acu ar uillinn air le seanfhear liath trasna uathu a thaispeáint dó. 'Bhain sé sin an lámh de dhuine eile le tua,' a deir sé, rud a chuir scéal Synge faoin laoch a mharaigh a athair le buille de láí i gcuimhne don sagart.

Tamall tar éis a bhricfeasta thug leascheannaire an phríosúin chun an séipéil é, agus rinne freastal ar a Aifreann. Fear lách réchúiseach a bhí ann de réir gach cosúlachta, cé go raibh cáil air a bheith láidir crógach ar an bpáirc imeartha do Ros Comáin. Bheadh sé in ann Aifreann a rá Dé Domhnaigh do na príosúnaigh ar fad, nó an méid acu a chuaigh ar Aifreann, a dúirt an t-oifigeach.

Tar éis tamaill i measc na bpríosúnach, d'airigh Beartla go dteastódh séiplíneach uathu ar dhuine acu féin é. Cibé cé chomh lách a bhí na séiplínigh eile, bhain siad leis an gcóras. B'oifigí príosúin i gcónaí iad i súile na ndaoine a bhí istigh. Chuir sé iontas air an méid dá chomhphríosúnaigh a bhí ag iarraidh faoistin air, agus gan é fós ceithre huaire fichead ina measc.

Cuireadh fios air i lár an dinnéir chuig oifig an ghobharnóra. De bharr nuacht na hoíche roimhe sin bhí airgead bailithe ag na hoibrithe i mbácús i bhFionnghlas i mBaile Átha Cliath, lena fhíneáil a íoc. Ina lámha féin a bhí sé. Is aige a bhí an rogha diúltú nó glacadh leis an tairiscint.

Bhí Beartla Mac Diarmada idir dhá chomhairle. Chuimhnigh sé ar Bhidín. Chuimhnigh sé ar a raibh le déanamh sa mbaile aige. Chuimhnigh sé gur masla do lucht na monarchan a bheadh ann a dtairiscint a eiteachtáil. Bhí sé ar an mbealach abhaile taobh istigh d'uair an chloig.

* * * *

'Nach deas a bhí Bidín Shaile Taim ag breathnú an oíche cheana, an oíche a thug an sagart leis isteach anseo í.' Bhí Tadhg Ó Cearnaigh ag coinneáil comhrá leis an t-aon duine eile san ósta, Taimín Taim Dharach. 'Agus cloisim go bhfuil an diabhal uilig déanta aici uirthi féin anois, a gruaig daite ar nós na péacóige.'

'Bhfuil a fhios agat, a Thaidhg, 'ach nár aithin mé í, tar éis a raibh d'aithne agam ar an dream sin fadó. Ní cheapfá gurb í an tseanbhean bhocht chéanna í a d'fheicfeá uait ar an bportach nó ar an muirbheach. Is ar éigean a tháinig aois ar bith uirthi, tar éis an tsaoil chrua anróitigh a bhí le fulaingt aici.'

'Dóifidh sí sin rubar fós,' a dúirt Tadhg leis, 'agus ní ag caint ar na miotóga rubair sin a bhíonn uirthi atá mé.'

'Níl a fhios agamsa céard faoi a bhfuil tú ag caint, agus ní den chéad uair é. Cén rubar atá i gceist agat?' arsa Taimín. 'An é an rubar é a bhíonns ag Jeaic leis an gcuntar a ghlanadh?'

'*Rubber johnnies*, a mhac, *remould* agus *re-sold*.' D'ól Tadhg bolgam as a phionta sular lean sé air: 'Caipíní cogaidh mar a déarfá, a Taimín. 'Bhfuil a fhios agatsa, a mhac, cén fáth ar litreacha Béarla seachas litreacha Fraincise a bhíodh ar a hata ag an nGinearál de Gaulle i gcónaí?'

177

'Deamhan a fhios agam.' Chuir Taimín a chaipín siar ar chúl a chinn, agus bhreathnaigh sé go díreach ar Thadhg, cé nach raibh ceist mhór an lae ag cur as a bheag nó a mhór dó.

'D'fheicfeá an fear céanna agus caipín mór speice i gcónaí air. Níorbh ionann is do chaipínse ar chor ar bith é, a Taimín, ach caipín ard rabhnáilte, gorm, ar nós ceaintín péinte agus spéic mhór mhillteach air.'

'Agus rud éicint scríofa i mBéarla ar an hata sin?' Bhí Taimín ag tosú ar spéis a chur sa scéal. 'Tuige?'

'Sin í an cheist cheannann chéanna a chuir de Valera s'againne air nuair a thug an buachaill cuairt air in Áras an Uachtaráin.'

'Cheistigh sé é faoina hata?'

Níor fhreagair Tadhg, ach lean sé lena scéal: 'Inis dom, a Shéarlais,' arsa Éamon, agus iad ag caitheamh a gcuid píopaí i ndiaidh an dinnéir. 'Cén fáth ar litreacha Béarla a bhíonns agat ar do hata?'

'Shíl mé,' arsa Taimín, 'go raibh de Valera chomh caoch leis an sáspan, nach dtabharfadh sé a leithéid faoi deara ar chor ar bith.'

'Ach an raibh a bhean caoch?' arsa Tadhg. 'Nach ise a d'inis dó é? Sibéal, nó Sinéad, tá dearmad déanta anois agam cén t-ainm a bhí uirthi.' D'éirigh leis éalú ón ngaiste sin: 'Ar aon chaoi, an bhfuil a fhios agat an freagra a thug de Gaulle air?'

'Deamhan a fhios agam, ach tá tú ag gabháil a inseacht dom.'

'Nach mbreathnóinn aisteach,' ar sé leis an leaid s'againne, 'dá mbeinn ag dul thart agus *french letters* ar mo hata agam.' Gháir Tadhg faoina scéal féin.

Shiúil Taimín trasna i dtreo na tine, agus shuigh sé síos. 'An-aimsir í le haghaidh baint na bhfataí.'

'Tá tú chomh glic, a Taimín, nó tá tú chomh *thick*. Níl a fhios agam cé acu é.'

Níor labhair ceachtar acu go ceann tamaill. Taimín a bhris an tost ar ball: ''Bhfuil caint ar bith ar an sagart bocht?'

'Neart cainte, ach deamhan scéal.'

'An duine bocht,' arsa Taimín leis féin.

'Cá fhad ó chonaic tú sagart a bhí bocht?'

' 'Bheadh trua agat dó ina dhiaidh sin.'

'Trua? Bocht?' Labhair Tadhg na focla go mall. 'Nach bhfuil an-*time* go deo ag an diabhal? Nach in é a bhí uaidh? Nár thograigh sé féin a dhul ann? D'fhéadfadh sé an fineáil a íoc agus fanacht sa mbaile, dá dtogródh sé.'

'Shílfeá,' arsa Taimín, 'go dtiocfadh na daoine le chéile leis an airgead a íoc dó. Ní mórán a bheadh as póca chuile dhuine ach luach cúpla pionta.'

'Bíonn sé deacair orainn íoc as na piontaí atá
againn,' arsa Tadhg. 'Ar aon chaoi níl sé dhá
iarraidh sin. Teastaíonn uaidh a bheith ina
mhairtíreach. Bhíodar sin fairsing ag an eaglais i
gcónaí, na maighdeana, agus na mairtírigh, ach
déarfainn gur fairsinge na mairtírigh sa lá atá inniu
ann.'

'Is cosúil go bhfuil sé faoi ghlas ina chillín fuar
i gcónaí.' Ní raibh Tadhg an-chinnte an raibh trua
ag Taimín don sagart nó nach raibh.

'Agus deamhan aird a thabharfar air, ach an
oiread, tá mise á rá leat. Nach iomaí duine imithe
isteach is amach de bharr na mbóithre céanna. Ní
ghéillfeadh an Chomhairle Contae sin againne don
Phápa féin.'

Bhí a shláinte anama is coirp ag cur imní ar
Thaimín. 'Cé a bheas ann leis an ola bheannaithe a
chur ar dhuine, má thiteann sé as a sheasamh?'

'Cuirfidh mise braon díosail ort, a Taimín. Ná
bíodh imní ar bith ort.'

'Níl sé ceart ná cóir a bheith ag magadh faoi na
rudaí sin.'

Bhuail Tadhg a lámh ar dhroim Thaimín: 'Baol
ar bith ort titim as do sheasamh, ach amháin má
bhíonn an iomarca ólta agat, agus ní dóigh liom go
raibh do dhóthain ariamh agatsa, gan trácht ar an
iomarca.'

'Ní féidir iomarca a ól, dá mbeadh duine ar bith ann le deoch a líonadh.' Tháinig Taimín ar ais chuig an gcuntar arís. 'Cá mbíonn Jeaic ar chor ar bith nuair is géire a bhíonn sé ag teastáil?'

'Níl le déanamh agat ach an cuntar a bhualadh,' arsa Tadhg leis. 'Níl tú ag súil go bhfanfadh sé anseo ar diúité an t-am ar fad ag éisteacht leis an mbeirt againne, dá spéisiúla muid.'

'Tá tart an diabhail orm.' Bhuail Taimín ar bharr an chuntair lena dhorn. 'Sin é an rud is measa faoi na piontaí,' ar sé. 'Bíonn comhluadar a chéile ag teastáil uathu i gcónaí.'

'Fáilte romhat, ar ais, a Jeaic,' arsa Tadhg, nuair a tháinig an tábhairneoir isteach. 'Bhí faitíos orainn gurb é deireadh an domhain é, agus gan pionta ar bith le fáil.'

Ní raibh Jeaic ag éisteacht leis ar chor ar bith. Bhí sé ar bís, scéal nua iontach le reic aige:

''Bhfuil a fhios agaibh cén scéal a bhí ag na gasúir ag teacht ón scoil? Deir siad go bhfuil an rud céanna ar Bhidín Shaile Taim is a bhí ar Phadre Pio.'

'Agus céard sa diabhal a bhí ar Pheadar Pio bocht?' arsa Taimín. ''Bhfuil sé tógálach?'

'Bhíodh sciorta mór donn air in aon phictiúr a chonaic mise de,' a deir Tadhg.

Chuir a neamhaird agus easpa ómóis olc ar

Jeaic. 'Níl creideamh ar bith agatsa, ná ómós, ná múineadh ort ach an oiread.'

'Níl mé chomh hamaideach is go gcreidfinn rud mar sin. Cé as a dtáinig an scéal ar chor ar bith?'

'Nach luíonn sé le réasún?' arsa Jeaic. 'An cuimhneach leat an lá a raibh sí istigh anseo in éineacht leis an sagart? Na miotóga a bhí uirthi. Cé eile a chaithfeadh miotóga i gcónaí? Padre Pio!' D'fhreagair sé a cheist féin.

'Ach ní miotóga rubair a bhíodh airsean,' a dúirt Tadhg. 'Tá teach s'againne lán dá chuid pictiúr. Mo mháthair,' ar sé. 'Bíonn sí seasta ag guí chuige, ar mhaithe lena mac drabhlásach, is dóigh. Ach ní miotóga rubair atá air.'

'Ag iarraidh an fhuil a cheilt atá sí.' Bhí Jeaic lánchinnte. Sin é an fáth a bhfuil na lámhainní rubair aici. Shilfeadh an fhuil tríd an gcineál eile . . .'

Bhí Taimín ag smaoineamh leis féin os ard: 'Níl a fhios agam nach mbíodh caint ar mhiotóg Pheadar Phio nuair a bhí mé san ospidéal. Nach bhfuil sé ceaptha a bheith go maith, daoine a leigheas agus chuile shórt?'

'Beidh tú in ann Bidín a thabhairt suas staighre, a Jeaic, leis an seanleaid a leigheas.' Ach bhí fear an tí ósta báite ina chuid smaointe féin, agus gan aird ar bith aige ar a raibh le rá ag Tadhg.

'Tá an sagart an-mhór léi. Caithfidh sé go bhfuil a fhios aige sin; sin é an fáth a bhfuil sé ag tabhairt oiread aire di. Bhí a fhios agam go maith go raibh rud éicint taobh thiar de,' arsa Jeaic.

'An é an sagart a fuair an chréacht inti?' Ligeadh le gáirsiúlacht Thaidhg, mar go raibh an scéal eile chomh mór sin le rá.

'Murach go bhfuil a fhios ag an sagart rud éicint, ní bheadh an scéal ann ar chor ar bith,' arsa Jeaic. 'Cé a chumfadh scéal mar sin?'

Bhí freagra ag Tadhg: 'Chumfainnse, dá mbeinn sách meabhrach. Nach fearr fírinne ná ficsean lá ar bith?'

'Moladh go deo le Dia.' Bhain Taimín a chaipín de in ómós. 'Naomh ó na Flaithis í Bidín Shaile Taim.'

'Níl sé chomh fada sin ó shin,' arsa Tadhg, 'gur striapach a bhíodh á tabhairt uirthi.'

'Nach beag a bhíonn a fhios ag daoine.' Leag Jeaic pionta an duine os a gcomhair: 'Ormsa na deochanna . . .'

'An chéad mhiorúilt.' Rinne Tadhg gáire.

'Nár laga Dia thú, a Jeaic,' arsa a chomrádaí. 'Sláinte mhaith.' D'ól siad ar feadh tamaillín gan mórán a rá, go dtí gur dhúirt Tadhg: 'Nach raibh an t-ádh ar an bpobal, a Jeaic, nach raibh an naomh nua ó na flaithis, Bidín Shaile Taim beáráilte agat.'

'Ní dhéanfainn a leithéid de rud ar an mbean bhocht.'

''Bhfuil tú ag rá liom go mbeadh sí ligthe isteach anseo agat, agus an chuma a bhíodh uirthi agus í amuigh ar an bportach?'

'Bíonn mo dhoras-sa ar leathadh i gcónaí.'

'Níl sé i bhfad ó chuir tú lucht siúil ón doras. Murach gur in éineacht leis an sagart a tháinig Bidín an lá cheana . . .'

'Bíodh a fhios agat, a Thaidhg, nach inniu ná inné a tháinig Bidín Shaile Taim isteach sa siopa seo an chéad lá. Bhíodh sí ag obair anseo sular rugadh thusa. Nach fíor dom é, a Taimín?'

'Is cuimhneach liom í, ar éigean. Ní raibh mé ag ól ceart ag an am, an dtuigeann tú? Bhí an t-airgead gann.'

'Seo é do sheans, a Jeaic, le do saibhreas a dhéanamh,' arsa Tadhg, fógra a chur os cionn an dorais '*Bidín Shaile Taim was here.*'

*   *   *   *

Ní raibh a fear céile feicthe fós ag Mairéad, cé gur chodail siad faoin díon céanna le cúpla oíche anuas. Ní dhearna Máirtín iarracht ar bith a dhul isteach sa seomra codlata agus, dá ndéanfadh féin, is é an glas a bheadh roimhe. D'fhan sé ar an tolg, agus bhí sé imithe amach chuig na beithígh sular éirigh sí ar maidin.

Níor thug Mairéad oiread oibre scríofa do na mic léinn ariamh le linn ranga is a thug sí dóibh anois. Bhí a hintinn ar seachrán an chuid is mó den am. Thugadh an obair a bhí ar siúl ag na gasúir deis di machnamh a dhéanamh ar chúrsaí a saoil féin, a cheap sí, ach is amhlaidh gur níos mó trína chéile a bhí sí in aghaidh an lae.

Bhí iarracht amháin déanta ag Áine ar leac an doichill a bhriseadh, cárta a thug Warren isteach chuici, ag rá go raibh an-bhrón uirthi.

'Tá súil agam go bhfuil,' arsa Mairéad ina hintinn, 'agus go mbeidh tuilleadh fós ort.' Níor chuir sí nóta ar bith ar ais.

'Go raibh maith agat,' ar sí le Warren, í ar éigean in ann meangadh gáire a dhéanamh. 'Abair le Jaqui labhairt liom, le do thoil, nuair a bhíonn seans aici.'

'Tuige nach dtagann tú thart Dé Sathairn?' a d'fhiafraigh sí de Jaqui, nuair a tháinig sí isteach, 'nuair a bhíonn Seáinín ag obair in éineacht le Máirtín?'

Bhí sórt amhrais ar Jaqui, í ag iarraidh a dhéanamh amach cén fáth an raibh Mairéad ag iarraidh a bheith mór léi, agus í tar éis titim amach lena máthair.

'Nach bhfeicim Seáinín chuile lá ar scoil?'

'Chaithfeá é a fheiceáil, an chaoi a mbíonn tú ag breathnú air.'

'Is deas an duine é.'

'Deas? Sin é an méid?'

'Bhfuil sé chomh soiléir sin?' Rinne Jaqui gáire beag neirbhíseach.

'Feicim Angela go minic ar an scútar aige, agus bhuel . . .'

'Tugann sé síos ag an gcleachtadh iomraimh í. Níl cead agamsa dul ar an ngluaisrothar.' Chroith sí a guaillí. 'Tuismitheoirí.' Rinne sí aithris ar Áine. 'Níl tú ag dul in áit ar bith gan *helme*t ort.' D'fhéadfá rudaí mar sin a rá le Mairéad. Comhairleoir do na mic léinn a bhí inti chomh maith le múinteoir.

'Shíl mé go raibh rud éicint mar sin ann ach, mar a deir mé, Satharn ar bith.'

'Go raibh maith agat. Bhí mé cinnte nuair a chuir tú fios orm go raibh rud éicint déanta as bealach agam.'

'Is é an fáth is mó i ndáiríre a bhí mé ag iarraidh thú a fheiceáil, ná fiafraí díot faoi Bhidín, agus cén chaoi ar éirigh libh Dé Sathairn.'

'Thar cionn. Tá sí go hálainn.' Rinne Jaqui cur síos ar an lá. 'Bhí an-chraic go deo againn léi. Dála an scéil, is ar éigean a bhreathnaigh tú féin orainn istigh sa mbialann san Ionad Siopadóireachta.'

'Bhí rud éicint eile ar m'intinn. Bhí orm teitheadh.' Rinne Mairéad iarracht ar scéal beag a dhéanamh de. 'Agus ní raibh mé ag iarraidh cur isteach ar Bhidín, mar gheall ar an lá a ndeachaigh muid chuig an teach. Scanraigh muid chomh mór sin í . . .'

' 'Bhfuil tú féin agus Mam ag troid?' Shuigh Jaqui suas ar an mbord os a comhair agus bhreathnaigh sí sna súile ar Mhairéad.

Dhearg a héadansa: 'Céard a dúirt sí leat?'

'Níor dhúirt sí rud ar bith, ach bíonn a fhios agat go maith é nuair a bhuaileann   spreang éigin í.

'Tiocfaimid tríd,' a dúirt Mairéad.

'Ná coinnigh suas rófhada é cibé céard atá ar siúl, agaibh ar mhaithe linne, go háirid.'

'Cogadh na mbó maol, cogadh na gcarad . . .'

'Ar mhaith leat go ndéarfainn rud éicint léi?'

'Ná bac leis. Fág fúinn féin é. Ná habair go raibh tú ag caint liom a bheag nó a mhór, ar fhaitíos na míthuisceana.'

'B'fhéidir go dtiocfainn thart Dé Sathairn, mar sin.' Bhí Jaqui níos mó ar a suaimhneas anois. 'Cén t-am a dtagann siad ar ais ón *mart*?'

'Thart ar a trí, go hiondúil, ach bíonn an parlús bainne le sciúradh ansin acu.'

'Parlús,' arsa Jaqui. 'Caithfidh sé go bhfuil áit álainn ag na beithígh.'

'Insint na fírinne tá áit níos deise acu ná mar atá ag Bidín Shaile Taim. Go dtí gur thosaigh an tAthair Beartla ag plé léi ar chaoi ar bith.'

' 'Bhfuil scéal nua ar bith faoi?'

'Bhí go leor ar an nuacht inné faoi, ach ní raibh tada inniu ann.'

'B'fhéidir gur scaoilte saor atá sé.'

'Ní dóigh liom é. Dhéanfaí agallamh nó rud éicint leis,' arsa Mairéad. Bhíodar tostach ar feadh nóiméid: 'An bhfeicfimid thú Dé Sathairn mar sin?'

'D'fhéadfainn cúnamh a thabhairt do Sheáinín sa pharlús, is dóigh.'

'Ní jab glan é.'

'Is maith liom obair bhrocach.'

Bhraith Mairéad rud greannmhar a rá, ach shíl sí nach mbeadh sé feiliúnach:

'Má mhilleann tú do chuid éadaí, beidh mé i dtrioblóid arís le do mháthair.'

'Cuirfidh mé na seanéadaí orm.'

'D'fhéadfá cith a thógáil ina dhiaidh sin, agus iad a athrú ar aon chaoi, éadaí glana a chur ort. Sin é a dhéanann Seáinín. Fágann sé na seanrudaí le níochán ó sheachtain go seachtain.'

'Cén difríocht a dhéanfadh sé dúinn?' arsa

188

Jaqui, ag gáire, 'an fhad is a bheadh boladh na mbó ar gach duine againn.'

'Níl aon cheo ar an saol chomh dona le fear a bhfuil boladh sadhlais agus brocamais uaidh,' arsa Mairéad. 'Sin é an fáth a bhfuil an cith tógtha againne le taobh an chúldorais.'

Tháinig an tArdmháistir isteach sa seomra agus é faoi dheifir. 'Ó, gabh mo leithscéal,' ar sé le Mairéad, 'ní raibh a fhios agam go raibh aon duine leat.'

'Bhí mé ag imeacht anois ar aon chaoi.' Ghlac Jaqui buíochas le Mairéad, agus chuaigh sí amach chuig clós na scoile.

Is beag nár phléasc Seán Ó hOdhráin lena raibh de scéala aige: 'Ar chuala tú an scéal atá ag dul thart faoi Bhidín Shaile Taim?'

* * * *

Bhí Bidín Shaile Taim ag baint taitnimh as cuideachta na ndaoine óga, iad ag socrú bonn agus bruscair le tinte cnámha a lasadh nuair a shroichfeadh an sagart an sráidbhaile tar éis a scaoilte as an bpríosún. Na cailíní a thug don bhaile mór í an lá cheana, Angela agus Jaqui, a tháinig amach ar an bportach dá hiarraidh. Ní raibh oiread fáilte aici roimh dhuine ar bith riamh is a bhí aici rompu, mar bhí sí uaigneach, cheal cuideachta, ó tugadh an sagart chun bealaigh.

'Beidh ceol agus craic agus an-chuid spraoi againn,' arsa Angela. 'Tá carranna go leor imithe isteach sa mbaile mór le bheith roimhe. Beidh an-oíche go deo againn.'

Le titim na hoíche cuireadh tine le boinn le taobh an bhóthair, ar an mbealach a thiocfadh an scuaine carranna. Bhí tine mhór mhillteach amháin nár lasadh fós. Bhí sí báite le hola, faoi réir le lasadh ar aghaidh an halla amach nuair a d'fheicfidís soilse na gcarranna ar an gcarcair mhór ar an taobh ó dheas den bhaile.

Bhí banna ceoil na Scoile Náisiúnta ag casadh na bport a bhí ar eolas acu arís agus arís eile le leathuair an chloig roimhe sin nuair a tháinig an scéal go raibh na carranna ar an mbealach. Lasadh an tine mhór. Rinne na daoine óga agus iad i ngreim láimhe a chéile ciorcal timpeall uirthi. Thosaigh an fáinne mór ag gluaiseacht timpeall na tine, na gasúir ag screadach is ag béiceach.

'Beir ar lámh Bhidín,' arsa Jaqui le hAngela. 'Tabhair isteach sa chraic í.'

'Ach má tá an rud sin uirthi?' D'fhreagair Angela, agus iad ag casadh timpeall sa bhfáinne. 'Rud Phadre Phio?'

'Seafóid,' arsa Jaqui. 'Ní fhaca mé duine ar

bith ariamh chomh nádúrtha léi.' Shín siad a lámha amach nuair a bhíodar ag dul thar Bhidín arís. 'Gabh i leith, a Bhidín.' Ní raibh am acu stopadh. D'fhan siad ag timpeallú go raibh siad ar ais san áit chéanna arís, agus thug siad isteach sa gciorcal í.

'Nach bhfuil togha na craice ann?' arsa Angela. Níor chuala sí céard a dúirt Bidín. Bhí fáinne na ngasúr ag gluaiseacht níos tapúla, an béiceach níos airde, ardghiúmar ar na daoine óga.

Bhí an tine ag lasadh go breá, solas na gcarranna anois ar bharr na sráide. Bhris cuid de na daoine óga amach as an gciorcal le fáiltiú rompu. D'airigh Bidín go raibh ríl ina cloigeann, go raibh sí ag dul i dtreo na tine, nach raibh sí in ann stopadh. Chuir sí a lámha amach roimpi le í féin a chosaint. Bhí sí tugtha as an tine ag Seáinín Folan cúpla soicind tar éis titim di, ach bhí rubar na miotóg leáite isteach ina lámha.

Baineadh croitheadh chomh mór sin as Bidín nár airigh sí pian ar bith i dtosach. Sula raibh a fhios aici céard a bhí ag tarlú bhí sí sa suíochán deiridh i jíp Jeaic Chofaigh, a dá lámh i mbuicéad plaisteach uisce agus leac oighir, an sagart lena taobh agus a lámh timpeall uirthi, iad ar an mbealach chun an ospidéil.

Bhain an timpiste an mothú as lucht an cheiliúrtha. Cuireadh an fháilte oifigiúil a bhíodar le cur roimh an Athair Beartla Mac Diarmada ar ceal.

*   *   *   *

'Tuige ar thug tú í sin anseo?' B'in an chéad uair a labhair Máirtín Bheartla Taim lena bhean, le os cionn seachtaine. Bhí Jaqui sa chlós ag fanacht leo nuair a tháinig sé féin agus Seáinín Folan ar ais ón margadh ar an Satharn dár gcionn. D'fhág Máirtín Seáinín ag caint le Jaqui, agus chuaigh sé caol díreach isteach sa teach.

Bhí Mairéad suite ar chathaoir bhog, leathchois tarraingthe aníos fúithi, í ag cur péint dhearg ar a hingne.

'An ag caint liomsa atá tú?' ar sí.

'Tuige ar thug tú í sin anseo?'

'Ó, Jaqui atá i gceist agat,' arsa Mairéad de ghuth éadrom: 'Shíl mé gur mhaith léi a bheith in éindí lena Daid.'

'Foicin bitse . . .'

'Níl neart ar bith aicisean air. Briseann an dúchas.'

'Níl mé dá hiarraidh anseo.'

'Nach raibh tú ag déanamh gaisce go raibh iníon leat ar an mbaile?'

'Níor dhúirt mé gurbh in í.'

'Tá níos mó ná iníon amháin agat?' Leath ar shúile Mhairéad, mar a bheadh iontas an domhain uirthi.

'Áine a d'inis duit?'

'Fuair mé amach é.'

Sheas Máirtín ansin, ag croitheadh a chloiginn ó thaobh go taobh. Tar éis a raibh de ghráin aici air le seachtain, mhothaigh Mairéad trua dó. D'aithin sí go raibh seisean ag fulaingt chomh maith léi féin. Ach chruaigh a croí arís nuair a dúirt sé, 'ní raibh muid pósta nuair a tharla sé.'

'Bhíomar geallta le pósadh. Bhíomar pósta nuair a rugadh í, más féidir pósadh a thabhairt ar an gcur i gcéill seo.' Bhí tost ann.

Tar éis tamaill arsa Máirtín: 'Ar inis tú do Jaqui é?'

'Níor inis . . . fós.'

'Ná hinis ach an oiread.'

'Inseoidh, má thograím é a inseacht.'

'Táimse réidh leat, má insíonn.'

'Shíl mise go raibh muid réidh lena chéile le fada. Ní raibh comhrá chomh fada leis seo againn leis na blianta.' Rinne Mairéad gáire beag searbhasach. 'Tá an chumarsáid ag feabhsú eadrainn, mar a deir na síceolaithe.'

'Ní call duit a bheith chomh *bitchy* sin.'

'Mura bhfuil údar agam.'

Bhreathnaigh Máirtín uirthi, mar a bheadh sé ar intinn aige leithscéal a ghabháil. Ach d'imigh an nóiméad. 'Á, foc é seo,' a dúirt sé. Chuaigh sé amach chuig an gcarr, agus d'imigh leis i dtreo an tí ósta.

Amuigh sa gcró mór bhí Jaqui ag baint taitnimh as an obair ghlantacháin. Bhí píobáin acu as a raibh fórsa láidir uisce leis an salachar a ghlanadh. Bhí Mairéad taobh thiar díobh sular thug siad faoi deara ann í, bhí oiread torainn as na sruthanna uisce ó na píobáin.

'Caithimse imeacht,' ar sí leo. 'Tá suipéar fágtha sa chuisneoir agam, agus tá an tine lasta, má tá sibh ag iarraidh breathnú ar an teilifís, nó tada.'

'Go raibh maith agat.'

'Is mise an *boss* anois,' arsa Seáinín, nuair a d'imigh Mairéad.

'*Like* foc,' arsa Jaqui.

'Bhí mé ann romhat. Is mé an *boss*.'

'*Boss-turd*,' ar sí, ag breith ar phíosa den bhualtrach.

Bhain Seáinín as a lámh é le huisce as an bpíobán. Sin é an t-am a thosaigh an spraoi. Spraeáil Jaqui ar ais é, agus is gearr go rabhadar fliuch báite.

'Ní bheidh cithfholcadh ar bith ag teastáil ina dhiaidh seo,' arsa Seáinín.

'Theastódh rud éicint le boladh chac na mbó a bhaint díotsa.'

'Cé tá ag caint?' Bhí sí á spraeáil arís aige, Jaqui ar éigean in ann seasamh in aghaidh fhórsa an uisce. Chaith sí an píopa a bhí aici féin leis, agus rith sí uaidh isteach sa teach. D'fhan seisean lena chuid oibre a chríochnú.

Chuir Jaqui glas ar an gcúldoras ina diaidh chomh maith le doras an tseomra folctha, agus isteach léi faoin gcith te. Chuir sé sin an mothú ar ais ina cnámha. Chuir sí uirthi a cuid éadaí, bhain glas de na doirse, agus bhí sí ag triomú a gruaige nuair a tháinig Seáinín isteach ón obair.

'Ná tar isteach anseo, nó millfidh tú an seomra. Tá a fhios agat féin cá bhfuil an seomra folctha.'

'B'fhéidir go dteastódh duine le mo dhroim a *scrubb*áil,' ar seisean, ag gáire.

'Cuirfidh mé fios ar Angela, más maith leat.'

'Níl tada idir mise agus Angela. Cé chomh minic is a chaithfidh mé é a rá?'

'Tarraing an chos eile,' a dúirt sí.

'Níl, i ndáiríre.'

'Sin é a deir Angela freisin.'

'Bhí sibh ag caint fúmsa?'

'Bhí sí ag caint ar an *time* iontach a thug tú di.'

Níor thuig Seáinín gur ag magadh a bhí sí: 'An *bloody bitse*. Níor leag mé lámh ariamh uirthi.'

Thosaigh Jaqui ag gáire: 'Réitigh tú féin, sciobtha, nó gheobhaidh tú bás de niúmóine. Beidh an tae réidh nuair a thagann tú ar ais.'

'Go raibh maith agat, a mhamaí,' arsa Seáinín, agus é ag spochadh aisti.

Nuair a tháinig sé ar ais, bhí na soilse casta síos íseal aici, a cosa tarraingthe aníos fúithi agus í ina suí ar an tolg, ceol clasaiceach ar an *stereo*.

'Múch an diabhal rud sin,' arsa Seáinín, 'go bhfeicfimid an bhfuil aon cheo ar an mbosca. Tá cluiche maith ceaptha a bheith air.'

'Nach tú atá rómánsúil.'

'Cá bhfuil an *zapper*?'

Thaispeáin sí dó é, ach chuir sí taobh thiar di ar an tolg ansin é. Rinne Seáinín iarracht ar é a fháil. Sula i bhfad bhíodar ag pógadh a chéile.

'Ní raibh a fhios agam gurb in a thug anseo thú.'

Níor dhúirt Jaqui aon rud ach tharraing sí anuas in aice léi ar an tolg é. Phóg siad a chéile arís, go han-mhall i dtosach, ach is gearr go raibh a dteangacha i mbéal a chéile.

Stop siad le hanáil a tharraingt tar éis tamaill, agus luigh siad ansin ag breathnú ar a chéile. Chuir Seáinín a lámh le leiceann Jaqui, agus chuir sé siar a gruaig fhada chatach thar a cluas. Bhí sise ag cuimilt a éadain lena méara. Níor dhúirt siad aon rud ar feadh i bhfad, ach ag pógadh a chéile gach re seal.

'Ceapaim go bhfuil mé i ngrá leatsa,' arsa Seáinín faoi dheireadh.

'B'fhada liom go ndéarfá é.' Thug sí póg mhór bhog dó agus rug barróg air ag an am céanna. 'B'fhéidir go mbíonn tú ag rá sin leis na mná ar fad,' arsa Jaqui.

'Ní bhímse leis 'na mná ar fad,' mar a thugann tú orthu,' ar sé. 'Níl suim agam in aon duine eile.'

'Ba mhaith liom a bheith mór leatsa go deo.' Phóg sí arís é. Leag Seáinín a lámh go cúramach ar a brollach, agus nuair nár bhrúigh sí uaithi í, thosaigh sé á cuimilt. Bhí Jaqui ag breathnú isteach ina shúile. Níor stop sí ach an oiread é nuair a chuir sé a lámh suas faoina geansaí. Is amhlaidh a luigh sí níos gaire dó.

'Tiocfaidh siad ar ais,' arsa Seáinín, 'béarfaidh siad orainn.' D'éirigh Jaqui de léim, agus bhí sí ina suí díreach ar an gcathaoir bhog eile, a cuid gruaige réitithe aici taobh istigh de shoicind.

''Bhfuil siad ag teacht?' ar seisean, á dhíriú féin.

'Níl, ach bhí mé ag iarraidh a thaispeáint dhuit cé chomh sciobtha is a bheimid réitithe, má thagann siad ar ais.'

'B'fhearr liom a bheith amuigh sa gcró ná istigh anseo san áit a mbéarfaí orainn,' arsa Seáinín.

'Más bó atá uait, téirigh amach chuig an gcró, ach tá mise ag fanacht anseo. Nach bhfuil carr an duine acu. Cloisfimid ag teacht ar ais iad.'

'Ach beidh siad ag súil go mbeadh muid imithe abhaile fadó.'

'Tuige ar fhág siad suipéar dúinn mar sin?' Leag Jaqui na béilí a bhí réitithe dóibh amach ar an mbord, agus shocraigh sí soithí agus eile.

'Bhíomar díreach ag dul ag tosú ar an tae,' ar sí, ag luí siar ar an tolg agus ag síneadh láimhe chuig Seáinín. 'Sin é an leithscéal a bheas againn.'

Chromadar athuair ar an gcúirtéireacht, Jaqui ag tabhairt scóipe dó fad is nach n-osclódh sé na *jeans*.

'Á, caithfidh tú,' ar sé. 'Ná fág ag creimeadh ná béalbhaí mé.'

'An páiste atá uait?' ar sí.

'Ní hea, ach . . .'

'Gabh i leith. Ólfaimid an tae.'

*   *   *   *

Scaoileadh Bidín amach as an ospidéal tar éis cúpla lá. Níor dódh ródhona í, mar gur fuaraíodh an rubar leáite go han-sciobtha in uisce. Ach bhí cuid den chraiceann bainte dá cuid lámha. Bhíodar tinn go maith i gcónaí, bindealáin casta timpeall orthu. Thug an sagart ar ais chuig a teach féin í go dtí go mbeadh na lámha cneasaithe. Dúirt an bhanaltra go dtabharfadh sí aire do lámha Bhidín ó lá go lá.

'Tá tú féin is do theach curtha trína chéile agam,' ar sise leis.

'Beidh fáilte romhat sa teach seo i gcónaí.'

'Dá mbeinn in ann aon rud a dhéanamh.' Bhreathnaigh sí ar a lámha.

'Mise faoi deara é sin i ndáiríre,' a dúirt sé.

'Cén chaoi?'

'Murach go raibh mé ar mo bhealach ar ais ón bpríosún, ní bheifeása ansin ar chor ar bith. Ní bheadh tine lasta. Bheadh do lámha ceart go leor.'

'Tá mo chuid miotóga millte,' arsa Bidín.

'Murach iad sin ní bheadh do lámha leath chomh dona,' arsa an sagart. 'Níl a fhios agam cén fáth a mbídís ort i gcónaí, mar chaithfeadh sé go raibh do lámha ag cur allais an t-am ar fad.'

'Ach nach raibh siad go deas le breathnú? Chuir mé orm i dtosach iad mar go raibh mo chuid ingne salach, agus shíl mé ansin go raibh siad an-slachtmhar.'

'Gabh mo leithscéal ar feadh, nóiméid,' ar seisean, 'tá duine éicint ag an doras.' Bhí cnag láidir le cloisteáil, cé go raibh clog beag leictreach le taobh an dorais.

'Á, a Taimín,' a chuala Bidín an sagart ag rá,

nuair a d'oscail sé an doras. Chuaigh sí isteach sa seomra a bhí aici féin le nach mbeadh sí sa mbealach.

'Tar isteach,' arsa an sagart. 'Céad fáilte romhat. Céard is féidir liom a dhéanamh duit?' Ní raibh Taimín ag an teach aige ariamh cheana.

'Táim ag iarraidh fabhar beag ort, a Athair.' Bhí a chaipín á chasadh timpeall ina lámha aige.

'Suigh síos, a Taimín. Tóg an meáchan de do chosa.'

'Níl a fhios agam cén chaoi is ceart é a rá.'

'Ná habair gurb é an *pledge* atá uait.'

'Ní dhéanfadh sé dochar, a Athair, is dóigh. Meas tú an bhfuil mé ag ól an iomarca?'

'Níl mé ag rá go bhfuil, a Taimín. Ag magadh a bhí mé i ndáiríre.'

'Ní dochar ar bith é corrdheoch a bheith ag duine?'

'Dochar ar bith, Taimín. Níor fhág ár Slánaitheoir na daoine ag ól uisce ag an mbainis sin i gCána, fadó.'

'M'anam gur fíor dhuit, a Athair. Féar plé dhó, moladh go deo Leis.' Chuir sé a lámh suas lena chaipín a bhaint de in ómós d'Íosa Críost, ach bhí sé bainte de cheana aige, agus leagtha ar an mbord os a chomhair. 'Meas tú ar bhlais sé féin aon deoch nuair a bhí sé beo ar an saol seo?'

'Tuige nach mblaisfeadh? Nach raibh fíon acu
ag an Suipéar Deireanach?'

'Tá an ceart agat, a Athair. Ní fhéadfaidís
Aifreann a bheith acu gan braon fíona a
bhlaiseadh.'

'Ólann siad sin fíon mar a ólann muide tae,'
arsa an sagart.

'Is fíor dhuit, ar ndóigh.' Smaoinigh Taimín air
féin: 'Anois, nach iomaí duine a cheapfadh gur
pioneer a bheadh inár dTiarna, agus tá tusa ag rá
liom nach raibh locht ar bith aige ar bhraon beag a
chaitheamh siar anois is arís.'

'Níor dhúirt mé anois gur fear mór óil a bhí
ann.' Ní raibh an sagart ag iarraidh cáil an
phótaire a bheith ar Chríost sa teach ósta de dheasca
aon ní a déarfadh sé le Taimín: 'Ólann chuile
dhuine fíon sna tíortha coimthíocha sin, a Taimín.
Níl an t-uisce le trust.'

Chuimil Taimín a lámh ar a bholg. 'Is fada an
lá ó dúirt an dochtúir liom féin corrphionta a ól, le
rudaí a choinneáil ag imeacht, má thuigeann tú mé.
Is fearr é ná *salts* ar bith, a deir sé.'

'Agus tá comhairle an dochtúra déanta agat
ariamh ó shin. Tá a fhios agam anois ar chaoi ar
bith, nach é an *pledge* atá uait.'

'Mura bhfuil tú féin ag iarraidh *pledge* a chur
orm, a Athair.'

'Is mise an duine deireanach ar an saol a chuirfeadh i gcoinne chomhairle dochtúra, a Taimín.'

'Gnaithe beag amháin atá agam, a Athair.' Thosaigh Taimín ar an gcaipín a chasadh timpeall arís, mar a bheadh sé beagán neirbhíseach. B'fhada leis go dtabharfadh an sagart gloine fuisce dó leis na néaróga céanna a mhaolú. Bhíodh fuisce le fáil i gcónaí ó na sagairt a bhí ann roimhe sin, le duine a chur ar a shuaimhneas.

'Agus cén gnó é féin, a Taimín?' Shíl an sagart go raibh sé chomh deacair an t-eolas a fháil uaidh is a bhí sé corc a bhaint as buidéal fíona. Bhí cosúlacht ar fhreagra Taimín go raibh sé ag dul i dtreo eile ar fad.

'Cén chaoi a bhfuil Bidín? An bhfuil sí ag fanacht agat i gcónaí?'

'Tá sí ag teacht chuici féin arís.' Smaoinigh an sagart ar cé chomh mór is a thaitin Taimín le Bidín. B'fhéidir gur cúrsaí grá atá anseo, ar sé leis féin. 'Bhfuil tú ag iarraidh Bidín a fheiceáil?'

'Níl, a Athair, a mhac, níl mé.' Chuir sé suas a lámh, áit a raibh an sagart éirithe ina sheasamh le dul ag glaoch ar Bhidín. 'An raibh a fhios agat, a Athair, go mbíonn na scoilteacha orm?'

'Shíl mé, a Taimín go raibh tusa chomh folláin le breac. Sin é an fáth a raibh mé ag rá an lá cheana go mairfidh tú an céad.'

Chuir Taimín a lámh siar ar chúl a chinn.
'Trasna ar mo dhá ghualainn is measa a bhíonn
siad. Tá an diabhal orthu . . . Gabhaim do phardún,
a Athair. Ach bíonn siad thar a bheith go dona in
aimsir sheaca, nó nuair a bhíonn athrú aimsire ann.'

'Tá a fhios agam go mbíonn an-phian ag baint
leis na scoilteacha, ach ina dhiaidh sin ní hiad is
measa. Ní chuireann siad duine den saol. Tá
daoine ann a deir go bhfuil braon poitín go maith
lena n-aghaidh.'

'D'ól mé mo dhóthain de sin le mo linn,' a dúirt
Taimín, 'agus deamhan maith a rinne sé dom. Níl
ann ach nimh mura mbíonn sé déanta i gceart.'

'Ní raibh mé ag caint air é a ól ar chor ar bith,
ach ar é a chuimilt isteach san áit a mbíonn an
phian. Deir m'athair féin go ndéanann sé
an-mhaith dó.'

Bhí cosúlacht ar an bhfear eile nach raibh sé ag
éisteacht leis ar chor ar bith. Bhain an chéad rud
eile a dúirt Taimín croitheadh as an sagart: 'Tá sé
ráite go bhfuil leigheas ina lámha ag an mbean siúd,
Bidín Shaile Taim.'

'Cé a dúirt é sin leat?'

'Cloisim daoine ag rá go bhfuil sí chomh maith
le Peadar Pio lá ar bith den tseachtain.'

'Níl sé éasca fearg a chur ormsa, a Taimín, ach

cuireann ráflaí seafóideacha mar sin as mo mheabhair mé. Níl bun ná barr leis an gcaint sin.'

'Níl dabht ar bith ag muintir na háite,' a d'fhreagair Taimín, 'ach go bhfuil leigheas aici ina cuid lámha.'

'B'fhéidir go mbeadh leigheas aici ar do *hangover*,' arsa an sagart ar ais, olc air, 'ach níl leigheas ar bith eile aici.'

'Níl uaim ach píosa den cheirt a bhíonns ar a lámh aici.'

'Ní féidir liom ligean le pisreoga den chineál seo.' Bhí Beartla Mac Diarmada go mór ar buile: 'Tá siad in aghaidh an chreidimh.'

'D'íocfainn go maith thú.' Chuir Taimín a lámh go bun a phóca, ag tóraíocht airgid. 'Agus Bidín freisin.'

Rug an sagart ar uillinn air le nach mbeadh sé in ann airgead a tharraingt aníos as póca a threabhsair. 'Níor chuala tú i gceart mé, a Taimín.' Bhí a ghuth ag ardú agus é ag rá: 'Níl leigheas, níl cumhacht, níl tada den chineál sin ag Bidín Shaile Taim.'

Bhí Taimín é féin oibrithe faoin am seo. 'Deir tusa nach bhfuil cumhacht ar bith ag na sagairt ach an oiread. Níl a fhios agam cén fáth a mbíonn sibh ag iarraidh chuile rud a cheilt ar an bpobal.'

'Imigh anois, a Taimín, sula mbriseann ar m'fhoighid.' D'oscail an sagart an doras.

'Ní sagart ar bith thusa.' Bhreathnaigh Taimín go dána air: 'Sagart bréagach, sagart gan chreideamh.'

'Ní call dom cur suas le maslaí mar seo i mo theach féin.' Shín sé a lámh amach i dtreo an dorais oscailte. 'Bailigh leat amach as seo go beo.'

'Tá cumhacht agat . . .' D'iompaigh Taimín ar an mBéarla, teanga na sagart riamh, agus é ag cur air a chaipín. *'But you don't bother your arse.'*

'Amach leat as seo.' Rug an sagart ar ghualainn Thaimín, agus bhrúigh sé amach an doras é, á dhúnadh de phlimp ina dhiaidh. D'airigh sé nach raibh sé chomh feargach riamh ina shaol. Shuigh sé síos ag an mbord ar feadh tamaill, ag súil go suaimhneodh sé. D'oscail sé a phortús. Dhún sé arís agus chaith sé uaidh é isteach sa gcoirnéal. 'Á, foc, foc, foc. Foc chuile rud.'

*   *   *   *

'Murach an scoil,' a cheap Mairéad, 'bheinn imithe as mo mheabhair ar fad.'

Ní raibh sí ag caint le Máirtín ná le hÁine, an bheirt ba mhó ina saol go dtí sin. Ar a laghad ar bith bhí cumarsáid de chineál éigin aici le daoine trí na ranganna scoile.

Bhí aiféala uirthi anois nach raibh níos mó cairde aici, go raibh a cuid uibheacha ar fad in aon chiseán amháin aici, agus é sin ina chiseach. Ach nuair a chuimhnigh sí ar na cairde a bhí aici, shíl sí go raibh sí níos fearr as dá n-éagmais.

D'airigh sí Áine uaithi go mór. Bhí a dá shaol fite fuaite ina chéile chomh fada sin anois go raibh sé deacair déanamh d'uireasa a cuideachta. Bheadh sé aisteach dul chuig siopa le héadach nó le bróga a cheannach, agus gan duine ar bith aici le iad a thaispeáint di.

'Nach é an trua é nach bhféadfaí clog an tsaoil a chur siar,' a dúirt sí léi féin.

Bhí aiféala tagtha uirthi faoin gcleas a d'oibrigh sí ar Jaqui agus ar Sheáinín. Ba rud gránna é na daoine óga a úsáid ar an gcaoi sin le díoltas a bhaint amach, ach bhí sí chomh spréachta ag an am . . . An t-olc a bhí uirthi nuair a chuimhnigh sí ar Mháirtín agus Áine, agus an rún a choinnigh siad uaithi ar feadh na mblianta.

Ach ba bhocht an saol a bheadh amach roimpi, a cheap sí, gan chara, gan chomhluadar. Ní fhéadfadh rudaí a bheith mar a chéile idir í agus Áine go deo, ach ba bhreá léi dá mbeidís ag labhairt lena chéile, fiú amháin, arís. Ní fhaca sí aon bhealach, áfach, le go mbrisfí leac an doichill. Ise a gortaíodh. Ní fúithi a bhí sé athmhuintearas a chothú.

Ní hé nach raibh iarracht déanta ag Áine, tríd an nóta a chuir sí chuig an scoil. Ar a laghad ar bith

bhí sí sách tuisceanach an nóta a thabhairt do
Warren, in áit Jaqui. Ach bhí sé róluath an t-am sin.
Bhí sí róghortaithe. B'fhéidir go gceapfadh Áine
go raibh a hiarracht déanta, go bhfanfadh an
teannas eatarthu, go bhfágfaí gan cara ar bith í.

Bhí a smaointe ag dul trína chéile mar sin agus í
i mbun a siopadóireachta seachtainiúla in
ollmhargadh sa mbaile mór Dé hAoine tar éis na
scoile. Ní fhéadfadh sí seasamh i dTigh Jeaic níos
mó, a cheap sí, leis an rud is lú a fháil. Bheadh
uirthi chuile rud a fháil san ollmhargadh.

'Is gaire Bidín Shaile Taim do na daoine anois
ná mise,' a smaoinigh sí.

As cleachtadh na mblianta bhí sí ag ceannach
rudaí a thaitin le Máirtín i ngan fhios di féin,
beagnach.

'Go dtachta siad é,' ar sí ina hintinn, nuair a
chuimhnigh sí uirthi féin, ach d'airigh sí ag an am
céanna nach raibh sí anuas chomh mór sin air is a
bhí sí nuair a chuala sí an scéal i dtosach.

'Tharlódh sé d'easpag,' a chuimhnigh sí.
'Tharla.'

I ndiaidh na siopadóireachta chuaigh Mairéad
lena gruaig a fháil déanta, ag súil go n-ardódh sé sin
a croí, beagáinín. Ní raibh a fhios aici céard a
tharraing isteach sa mbialann chéanna í ina
rabhadar an uair dheireanach, ach bhí Áine istigh

roimpi. Shiúil sí anonn agus shuigh sí síos trasna uaithi.

'Teileapaite,' ar sí go ciúin, meangadh beag gáire uirthi.

'An bhfuil tú ag caint liom?' arsa Áine.

Chroith Mairéad a guaillí. 'Is dóigh.'

'Shíl mé nach labhrófá liom go deo arís. Táim imithe trí Ifreann le coicís anuas. Tá aiféala an domhain orm, a Mhairéad, ach níl mé in ann rudaí a chur ar ais mar a bhí siad. Faraor.'

Choinnigh Áine uirthi ag caint mar a bheadh sruth labhartha istigh inti, na rudaí ar fad a chuaigh trína hintinn ó bhíodar ag caint lena chéile cheana.

'Ach tá sé chomh fada sin ó tharla sé. Ní hionann é agus *affair* a bheadh ar siúl i gcónaí ag an mbeirt againn.'

Leag Mairéad lámh ar lámh a carad. 'Déan dearmad air.'

'Ní féidir.'

Chuir Mairéad a lámh ar a brollach féin os cionn a croí. 'Déan dearmad air go dtí go mbeidh an phian imithe. Pléifimid amach ansin é ar nós beirt daoine fásta. Anois, an mbeidh gloine eile den stuif sin agat? Tá fum bheith ar na stártha anocht.'

'Céard faoi na carranna?'

'Gheobhaimid tacsaí. Tiocfaimid ar ais ar an mbus amárach leis na gluaisteáin a thabhairt abhaile.'

*   *   *   *

'Céard sa diabhal atá ort, a Taimín?' Ag caitheamh saighdín a bhí Tadhg Ó Cearnaigh nuair a tháinig Taimín Taim Dharach isteach san ósta faoi dheifir. Is beag nár leag sé Tadhg i lár an urláir nuair a bhuail sé ina choinne. D'éirigh Máirtín Bheartla Taim, a bhí suite ag breathnú isteach sa tine nuair a chuala sé an ruaille buaille.

'Céard é féin?'

'Níl creideamh ar bith ag an sagart sin,' arsa Taimín.

'An tAthair Beartla?' arsa Máirtín. 'Céard a rinne sé ort?'

'Sin é atá mícheart leis, ní dhéanfadh sé tada.'

'Ní chuireann sé sin iontas ar bith ormsa.' Bhí Tadhg ag magadh arís. 'Peacach mór le rá mar thú. Is amhlaidh a d'eitigh sé aspalóid ort?'

'Ní faoistin a bhí uaim, ach leigheas.'

'B'fhéidir nach bhfuil cumhacht ag an bhfear bocht tada a leigheas,' arsa Máirtín. 'Shílfeá gur obair dochtúra atá ansin.'

'Ní ar an sagart a bhí mé ag iarraidh leighis, ach ar Bhidín,' a d'fhreagair Taimín. 'Táim maraithe ag na deamhain scoilteacha.'

Gháir Tadhg. 'Is gearr a bheadh an Bidín

209

chéanna ag baint do chuid scoilteacha díot.'

'Ní raibh uaim ach písín de cheirt a rinne teagmháil lena lámh.'

'A Mhaighdean,' arsa Tadhg. 'D'airigh mé caint ar mhná a bheith sna raganna, ach seo ceann nua ar fad.'

'Agus ní thabharfadh an sagart an raigín beag féin duit?' arsa Máirtín.

'Ní thabharfadh, an diabhal.' Bhí Taimín ar buile fós: 'Nár chaith sé amach ar an tsráid mé!'

'Óoooo,' arsa Máirtín. 'Tá tú an-chrua ar an bhfear bocht.'

'Nár thug sé bata is bóthar dom.' Bhí Taimín ar buile leis an sagart i gcónaí. 'Céard chuige é grá dia ach le roinnt ar chuile dhuine?'

'Ní call duit dul níos faide, a Taimín.' Chuimhnigh Tadhg ar an bhfuil sróna a bhí air ar maidin, agus tharraing sé naipcín aníos as a phóca, spotaí móra fola air.

'Céard é féin?' a d'fhiafraigh Taimín.

'An rud atá uait. Taisce Bhidín.'

'Ag magadh atá tú.' Thóg Taimín an naipcín uaidh agus bhreathnaigh sé go géar air. 'Moladh go deo . . . Cá bhfuair tú é?'

'Ná fiafraigh tada díom. Cuir ar do chuid scoilteacha é, agus beidh tú i d'fhear óg maidin amárach.'

'Shíl mé nach raibh creideamh ar bith agatsa.'
Bhí amhras fós ar Thaimín, ach bhí sé ag iarraidh
leighis ag an am céanna.

'Tá creideamh agus creideamh ann,' a deir
Tadhg.

Ní raibh Beartla Mac Diarmada maite ag Taimín
fós. 'Thug an sagart duitse é seo, tusa nach dtéann
chuig séipéal ná teampall, agus d'eitigh sé ormsa
é?'

'Níor dhúirt mé gur thug sé dom é. Is amhlaidh
a ghoid mé é, ach níor mhaith liom é a rá leatsa,
fear cráifeach mar thú.'

'Níor ghoid?'

'Cén neart atá air, nuair nach dtabharfadh sé do
na daoine iad? Bhí mé ag dul thar theach an
tsagairt ar ball, nuair a thug mé faoi deara píosaí
beaga éadaigh ag triomú ar an líne. Ní aireoidh sé
ceann beag amháin uaidh, arsa mise liom féin.'

'Agus d'ardaigh tú leat é . . .'

'Bhí oiread acu ann a leigheasfadh an paróiste
ar fad,' arsa Tadhg. 'Gabh siar sa leithreas leat féin
anois agus leag an taise ar do ghualainn, san áit a
bhfuil an phian. Mura mbeidh tú leigheasta
amárach, ceannóidh mé pionta duit.' Chaoch sé a
súil ar Mháirtín, a bhí ag croitheadh a chloiginn.
Bhí seisean idir dhá chomhairle ar cheart dó ligean

do Thadhg amadán cruthaithe a dhéanamh de Thaimín.

'Tá tú ag déanamh an diabhail uilig ar an bhfear bocht,' a dúirt sé nuair a bhí Taimín imithe.

'An fear bocht?' arsa Tadhg. 'Tá sé bocht i ndáiríre má chreideann sé *stigmata* a bheith ar Bhidín Shaile Taim. Chruthóidh sé seo go deo na ndeor nach bhfuil i leigheas Bhidín ach seafóid amach is amach.'

'Cé a chreidfeadh go mbeadh cuthach ar an sagart le Taimín Taim Dharach?' arsa Máirtín. Shílfeá nach leáfadh an t-im ina bhéal.'

'Ní minic mé féin agus an sagart ar aon intinn faoi chúrsaí creidimh,' arsa Tadhg, 'ach aontaím go huile is go hiomlán leis faoi seo. Níl aon teorainn le baois an duine.'

'Cá bhfuair tú an cheirt ar aon chaoi?'

'Bhí srón fola ar maidin orm.'

'Fan go dtéann an scéal thart ar fud na háite go bhfuil leigheas ag Taidhgín tréan ina naipcín póca.'

'Ó, a Mhaighdean, níor chuimhnigh mé air sin ar chor ar bith.' Bhí Tadhg ag breathnú ar Thaimín agus é ag teacht ar ais ón leithreas.

''Bhfuil a fhios agaibh, a leaids, ach go bhfuil mé ag aireachtáil níos fearr cheana. Shíl mé i dtosach go raibh boladh pórtair ar an ón gceirt, nuair a chuir mé le mo bhéal é le pógadh, ach ar ndóigh, is ar mo lámh féin a bhí sé.'

Bhuail Tadhg ar an droim é lena lámh. 'Beidh tú in ann a rá leis an sagart dul go tigh an diabhail anois.'

'Ní déarfainn a leithéid de rud leis an bhfear bocht. Nach cuma le duine ach a bheith leigheasta.'

* * * *

Bhí Máirtín ag brionglóideach. I háirím sa Mheánoirthear a bhí sé. Bhí bean ag teagmháil lena bhod, ar éigean. Bhí pléisiúr iontach á thabhairt aici dó, ach ní raibh sé in ann í a fheiceáil i gceart. Bhí caille ar a héadan. Bhí náire air. Céard a déarfadh Mairéad? Ach ní fhéadfadh sé í a stopadh, cé a chuirfeadh i gcoinne a leithéid de phléisiúr?

Nuair a theagmhaigh a teanga leis, d'éirigh sé de léim, faitíos go mbainfeadh sí plaic as. Dhúisigh sé agus chonaic sé Mairéad ansin os a chomhair amach. 'Bhí tú ag ól,' ar seisean léi nuair a mhothaigh sé an boladh fíona uaithi.

'Agus is maith liomsa thusa freisin,' ar sí. 'Nach raibh tú féin ag ól.'

'An bhfuil mé ag brionglóideach i gcónaí?' ar sé.

'Táim i ngrá leat i gcónaí, a focair,' a dúirt sí, meangadh gáire ar a béal.

'Fáilte ar ais.' Phóg sé í. Leag sí a cloigeann ar a bhrollach. Níor dhúirt ceachtar acu tada ar feadh tamaill.

'Abair é,' arsa Mairéad.

'Tá a fhios agat go maith é.'

'Ach táim ag iarraidh é a chloisteáil.'

'Tá brón orm. Níl a fhios agat cé chomh mór is atá brón orm.'

'Tá a fhios.' Leag sí méar ar a shrón. 'Ach is é an trua é gur thóg sé chomh fada sin ort é a rá.'

'Ach dúirt mé é. Dúirt mé míle uair é an oíche sin . . . An oíche a thosaigh an trioblóid seo ar fad.'

'Ní raibh mé ag éisteacht, is dóigh. Shíl mé gurb é deireadh an tsaoil é, deireadh le saol na beirte againne ar chaoi ar bith.'

'Bhí mise go mór trína chéile freisin. Tá an-bhrón orm.'

'Sin é an méid atá le rá agat?'

'Níl mé go maith ag rá na rudaí sin.'

'Ceart go leor,' arsa Mairéad, mar a bheadh sí ag dul ag imeacht uaidh.

'*I love you.* Táim an-mhór leat. Níl a fhios agam aon bhealach eile lena rá.' Bhí sórt náire ar Mháirtín.

' 'Bhfuil tú compordach ansin?' arsa Mairéad.

'Sách compordach. Tuige?'

''Bhfuil tú ag iarraidh teacht ar ais chuig an leaba?'

'Shíl mé nach ndéarfá go deo é.' D'éirigh sé suas ar a uillinn.

'Ach níl tú ag dul ar ais fós.' Shín sí a lámh i dtreo an tseomra folctha.

'Táim sách glan.'

'Fan mar atá tú mar sin.' Bhí sí ag caitheamh di a cuid éadaí agus í ag siúl trasna an tseomra. Chuaigh sí isteach sa seomra folctha. Ní raibh Máirtín i bhfad ag baint a chuid éadaí de agus é á leanacht. Sheas sé isteach léi faoin steall uisce agus thosaigh Mairéad ar é a chuimilt leis an ngallúnach, ag cur sobail chuile áit air. Thóg seisean an ghallúnach uaithi agus rinne an rud céanna. Phóg siad a chéile ag an am céanna ar bhealach nár phóg le fada an lá.

Rug Máirtín ar ghorún ansin uirthi agus chroch suas air féin í. Shníomh sí a cosa timpeall a bhásta agus shleamhnaigh sé isteach inti. D'iompaigh an t-uisce fuar nuair a bhí an teainc te folamh, ach is ar éigean a thug siad sin faoi deara go raibh sé fíorfhuar ar fad. Ní dhearnadar ach an cith a fhágáil ag rith, agus dul amach chuig an seomra suite, áit ar shiúil Máirtín timpeall go mall, Mairéad ag luascadh suas is anuas air.

D'airigh sí a cosa ag lagachan agus an pléisiúr

215

ag rith mar mhaidhm chun na trá inti, arís is arís eile, mothúcháin a d'airigh sí uaithi le fada. Ach ní raibh stopadh ar bith ar Mháirtín fós. Leag sé siar ar an tolg í, a chosa lagaithe ag pléisiúr agus paisean. Choinnigh sé air go dtí gur chroith a cholainn ar fad, teannas ag imeacht uaidh lena shíol. Phóg siad a chéile go cineálta agus go cúramach, cion nach raibh ann le fada.

'Maith dom,' arsa Máirtín ina cluas.

'Beimid ag caint faoi,' ar sí. 'Téirigh ar ais chuig an leaba.'

Dhúisigh Máirtín nuair a bhuail an clog maidin lá arna mhárach. Bhí a chuid magairlí á cuimilt ag Mairéad, adharc mór millteach air. Bhreathnaigh sé ar a uaireadóir.

'Tá beithígh le bleán.'

'Tá a fhios agam,' arsa Mairéad.

*   *   *   *

'Tugadh an cruinniú seo le chéile ar iarratas an tsagairt, an tAthair Beartla Mac Diarmada.'

Thosaigh Cathaoirleach an Choiste Sóisialta, Seán Ó hOdhráin, ar an gcruinniú éigeandála chomh foirmeálta agus ab fhéidir leis. Bhí sé ag éirí an-tuirseach go deo de Bhidín Shaile Taim agus gach ar bhain léi:

'Tá an sagart ag iarraidh na ráflaí go bhfuil an *stigmata* ar Bhidín Shaile Taim a stopadh.'

Léigh Seán an méid a bhí scríofa amach aige go mall, cúramach: 'Tá daoine ag dul chuig teach an tsagairt ag iarraidh leighis ó Bhidín. Tá daoine ag dul amach ar thurais go teachín Bhidín. Is gearr go mbeidh sé ina scéal mór ar na nuachtáin, raidió agua teilifís, má leanann rudaí mar atá.'

Bhí Nóra, bean an dochtúra, ar buile mar nár thug an sagart cead di Bidín a fheiceáil an tráthnóna sin.

'Ní thuigim a bheag nó a mhór,' ar sí, 'cén fáth an gcuireann cléir na heaglaise in aghaidh chreideamh na ndaoine. Chuir siad in aghaidh Naomh Bernadette. Chuir siad in aghaidh chailíní Fatima. Chuir siad in aghaidh Chnoc Mhuire s'againn féin nuair a tháinig Muire, máthair Dé anuas ó na flaithis ann.'

'Ní féidir leis an eaglais glacadh le gach ráfla a théanns thart . . .' Rinne an sagart iarracht ar an eaglais a chosaint, ach chuir Seán stop leis: 'Éist, nóiméad, a Athair. Tá cead cainte ag Nóra.'

'Go raibh maith agat, a Chathaoirligh. Bhí mé amuigh ar ball ag an n*grotto*, teachín Bhidín, agus is mór an náire an cloigeann sinc-chumhdaigh atá curtha air. Sa lá atá inniu ann, *in this day and age,* mura bhfuilimid in ann níos fearr ná sin a dhéanamh.'

'Tá sé i bhfad níos fearr ná mar a bhí sé coicís ó shin,' arsa Beartla Mac Diarmada. 'Duine ar bith atá ag iarraidh é a fheabhsú . . .'

'Tóg go réidh é, a Athair. Níor chuir mise isteach ortsa.'

'Ní bhfuair mé cead cainte fós,' ar sé.

'Lean ort, a Nóra,' arsa Seán.

'Nuair a bhíomar amuigh ag an n*grotto* chonaic mé ansin, mar a mbeadh sé i súile mo chuimhne, baisleac mhór mhillteach, agus aerfort tógtha lena hais, mar a rinne an Moinsíneoir Ó hOdhráin, moladh go deo leis, i gCnoc Mhuire. Beidh daoine ag teacht anseo fós ó chuile cheard den domhan, i mbun oilithreachtaí, mar a rinne mé féin agus mo chompánaigh tráthnóna.'

'Céard é sin a rinne tú, a Nóra?' arsa Áine.

'Oilithreacht. Turas. Rinneamar stáisiún timpeall an tí seacht n-uaire. Agus an bhfuil a fhios agaibh . . .?' Bhreathnaigh Nóra thart ó dhuine go duine sular lean sí ar aghaidh. 'Bhfuil a fhios agaibh nár airigh mé chomh suaimhneach, socair, sásta ariamh i mo shaol is a d'airigh mé i ndiaidh an turais sin.'

'Tá an t-aer úr go maith, cinnte,' arsa Mairéad, go híorónta. 'Ba cheart duit dul ag siúlóid ar an bportach níos minice.'

'Ní maith liom an dearcadh atá agat, a

218

Mhairéad,' arsa Nóra. 'Bean atá ceaptha Teagasc Críostaí a mhúineadh do ghasúir na háite.'

'Tá dóthain pisreog ar an saol gan tús a chur le ceann eile.'

Tháinig an sagart le dearcadh Mhairéad. 'Is mó an glacadh atá le pisreoga ná mar atá leis an gcreideamh ceart.'

D'iompaigh Nóra air: 'An bhfuil tú ag rá liom, a Athair, gur pisreog a bhí i gcás Phadre Pio? Sagart a bhí ann, sagart maith agus sagart naofa. Is é an trua gan níos mó dá leithéid ar an saol.'

'Is mó idir Phadre Pio agus Bidín Shaile Taim,' arsa an sagart, 'agus tá gnéithe den chreideamh atá i bhfad Éireann níos tábhachtaí ná stiogmaí.'

Ní raibh amhras ar bith ar Nóra. 'Is naomh ó na flaithis í Bidín Shaile Taim, táim cinnte dearfa de.'

'Striapach a tugadh uirthi ag an gcruinniú deireanach,' a deir an sagart. 'Is dóigh go bhfuil sé sna miontuairiscí . . .'

Chosain Nóra í féin: 'Is peacach bocht mise. Is mé an chéad duine a déarfadh é, ach tá a fhios againn ar fad ón mBíobla go raibh dabht ar Naomh Tomás féin go dtí go bhfaca sé lámha agus cosa ár dTiarna.'

'A mhalairt ar fad atá fíor sa gcás seo,' arsa an sagart, á freagairt, 'mar nach bhfuil lorg ar bith ar lámha Bhidín ach lorg dóite. Níl marc ar bith ar a cosa nó ar a taobh, mar a bhí ar Íosa Críost.'

'Nach maith atá a fhios agat faoina taobh.' Chuir Nóra a sáiteán isteach.

'Ní fheicim leigheas ar bith ar an scéal,' arsa Áine, 'ach go dtaispéanfadh Bidín a lámha in áit phoiblí.'

'Cén mhaith a dhéanfadh sé sin?' arsa Mairéad. 'Nach bhfuil a lámha dóite. Nuair a d'fheicfí na créachtaí a d'fhág an tine, bheifí ag rá gur marcanna an *stigmata* a bhí iontu.'

'D'fhéadfadh sí a cosa a thaispeáint mar sin,' arsa Seán.

Ní raibh an sagart sásta: 'Cé tá ag dul le rá léi a cosa a thaispeáint don phobal?'

'Déanfaidh tusa é,' arsa Nóra, 'má tá tú ag iarraidh do chás a chruthú.'

'Ach níl a fhios ag Bidín tada faoi na ráflaí seafóideacha seo,' arsa an sagart. 'Tá a dóthain trioblóide ar an mbean bhocht gan a bheith tarraingthe isteach i bpisreoga bréagacha.'

Thosaigh Nóra arís: 'Tá sé ráite agam cheana, ach déarfaidh mé arís é. Níl áit ar domhan ar tharla rud míorúilteach mar seo ariamh nár chuir cléir na heaglaise ina aghaidh. Ach ní raibh rialtas cumannaíoch féin in ann Meitseagóire a choinneáil faoi rún ná faoi chois.'

'Tuigim go bhfuil an sagart ag iarraidh Bidín a

chosaint,' arsa Áine, 'ach ní fhéadfaimid teacht ar an bhfírinne go dtí go bhfeicfidh an pobal a lámha nó a cosa.'

Chuir Seán ar vóta é. 'Cé tá ag iarraidh go dtaispeánfadh sí a cosa sa teach ósta san oíche Dé Domhnaigh?'

'An teach ósta,' arsa Nóra, agus déistin uirthi. 'Céard tá cearr leis an séipéal? Is gearr go mbeidh sibh ag iarraidh an Aifrinn sa teach ósta, le tuilleadh óil a dhíol.' Ach d'ardaigh sí a lámh ansin le hÁine agus Mairéad.

D'éirigh an sagart agus shiúil sé amach as an gcruinniú.

* * * *

Ar Loch na nÉan, lámh leis an gCeathrú Bhán a bhí rásaí curach na ndaoine óga ar an Domhnach. Thug Jeaic Chofaigh na hiomróirí siar sa *Range Rover* i ndiaidh Aifreann na maidine. Níor fhéad sé fanacht leo mar go raibh a athair féin tinn an oíche roimhe sin. Bhí sé socraithe aige go dtabharfadh an sagart aniar iad nuair a bheadh na rásaí thart.

Bhí sé churach den déanamh agus den mhéid chéanna ceangailte leis an gcéibhín beag ar bhruach an locha. Bhí daoine óga, ó Chlubanna an cheantair ar fad, bailithe le chéile ann. Bhí an áit breac le déagóirí, cuid acu suite ar an mballa leathan cois locha, tuilleadh thíos ag an mbruach, an chuid eile siar agus aniar an bóthar chuig siopaí breátha an bhaile.

Ritheadh na réamhbhabhtaí i dtosach. D'éirigh go héasca le Seáinín agus Jaqui, agus le Séarlas agus Angela dul ar aghaidh chuig na babhtaí leathcheannais. Ba léir go raibh go leor gasúr sna réamhbhabhtaí nár rug ar mhaide ariamh. Ach bhíodar ann le haghaidh an spóirt. As sin ar aghaidh bheadh fíorchoimhlint, foirne láidre áitiúla san iomaíocht chomh maith le cúpla ceann eile anoir nó aniar.

'Céard a tharla don mhionsciorta?' a d'fhiafraigh Seáinín d'Angela, nuair a bhí an dá churach ag tarraingt isteach le taobh a chéile i ndiaidh na réamhbhabhtaí.

'Níl mé ag iarraidh mo thóin a thaispeáint don saol mór agus a máthair,' ar sí, agus í ag gáire.

'Nach tú atá fiosrach?' arsa Jaqui le Seáinín.

'Céard tá ann ach píosa spraoi?' ar sé. Ansin a dúirt sé go híseal an rud a bhí sí ag iarraidh a chloisteáil: 'Ach tá mé mór leatsa.'

D'airigh Jaqui go sona sásta ansin. Bhí sí feabhsaithe go mór ag an iomramh de bharr an chleachta a bhí déanta acu. Bhí an bhreis meáchain a bhí uirthi roimhe sin caillte aici, chuile dhuine ag rá léi go raibh sí ag breathnú thar cionn. Ach mar bharr ar gach rud bhí sí i ngrá le Seáinín, agus eisean léi.

'Ní maith liom uisce an locha sin,' arsa Séarlas, ag seasamh amach as an gcurach. 'Teastaíonn dhá bhuille in aghaidh bhuille amháin ar an bhfarraige.'

'Nach bhfuil sé mar a chéile ag chuile dhuine?' arsa Seáinín.

'Níl, mar go bhfuil an dream áitiúil ag cleachtadh anseo i gcónaí.'

'Ní bhíonn cead acu iomramh a dhéanamh anseo ach lá rása,' arsa Jaqui. 'Sin é a dúirt siad ag cruinniú na gClubanna. Siod é an t-uisce a ólann na daoine. Nach bhfeiceann tú gur báidín seoil atá acu mar bhád faire. Níl siad ag iarraidh go mbeadh boladh peitril ón uisce.'

'Ach beidh boladh tarra óna gcurachaí ar a gcuid tae,' arsa Angela.

'Bíodh sé seo acu le haghaidh an tae freisin,' arsa Séarlas. Chaith sé smugairle isteach san uisce.

Bhí na rásaí leathcheannais crua go maith, ach tháinig Séarlas agus Angela isteach sa chéad áit ina mbabhta féin. Bhí Jaqui agus Seáinín sa dara háit i mbabhta eile. Thóg siad go réidh é sa leath deireanach den rás, fios acu go raibh siad chun tosaigh go maith ar an tríú curach.

'Ar a laghad ar bith táimid sa bh*final*,' arsa Seáinín. 'Tá plaiceanna le haghaidh chuile dhuine a théann chomh fada leis seo.'

'Ná bíodh muid sásta leis an séú háit, ná an cúigiú ná an ceathrú háit ach an oiread,' arsa Jaqui.

'Ná an tríú ná an dara háit.' Gháir Seáinín. 'Déanfaimid ár ndícheall.'

'Beidh scíth againn roimh an bhabhta ceannais,' arsa Jaqui, nuair a bhí an churach ceangailte leis an gcuid eile ag an gcéibh. 'Ba cheart dúinn imeacht siar píosa ionas nach mbeidh an slua ag cur isteach orainn. Caithfimid ár n-aird a dhíriú ar an bh*final*.'

'Cheapfá gur sna h*Olympics* a bhíomar.'

'Is mar a chéile domsa é.' Shiúil siad siar tríd an mbaile.

Thug Séarlas Angela leis ag siúl timpeall an locha a bhí íseal go maith de bharr thriomacht an Fhómhair. Shuíodar faoi chrann mór in aice leis an gcaidéal uisce. Thóg seisean dhá thoitín bhrúite as póca a léine agus thairg ceann d'Angela.

'Ná habair go bhfuil tú neirbhíseach,' ar sise leis: 'Ní fhaca mé ag caitheamh ariamh thú.'

'Seo iad na roicéid a chuirfeas an bheirt againne chun cinn ar an gcuid eile.'

Chuir Angela an toitín faoina srón. '*Grass,* an ea? Focin *hell*.'

Mary-Anna,' ar seisean ag caochadh súile uirthi.

Las sé an toitín agus d'análaigh sé an ghal go domhain ina scamhóga.

'Nílimse ag iarraidh an *shit* sin a chaitheamh,' Chaith Angela uaithi an toitín eile.

'Céard tá tú á dhéanamh?' Léim sé suas agus rug sé ar an toitín a bhí beagnach imithe isteach san uisce. 'Tá luach airgid ansin.' Chuir sé ar ais ina phóca é.

'Beidh tú *space*-áilte.'

'Ní dhéanann ceann amháin aon bhlas dochair ach d'intinn a dhíriú ar an rás a bhuachan,' arsa Séarlas. 'Fan go bhfeicfidh tú. Beidh Charley anseo ag iomramh ar nós na gaoithe.'

'Ní hé an chéad uair agat é?'

'Is é an chéad uair roimh rás agam é. Tá ceann nó péire thar cionn roimh dhul isteach chuig an dioscó, agus nílim ag caint ar an *kid*stuif a bhíonn ar siúl anseo ag an gClub, ach dioscó ceart sa mbaile mór.'

'Baineann contúirt le drugaí,' arsa Angela.

'Tá tusa ag caint ar an stuif trom. Ach tá a fhios agam go díreach an méid is féidir a thógáil. Tá mé ag rá leat, roicéad *booster* ceart atá ann. Fan go bhfeicfidh tú.'

Sheas Angela suas. 'Gabh i leith. Tá siad ag glaoch orainn.'

'Tóg go réidh go fóill é.' Las sé toitín amháin

ón gceann eile.

'Shíl mé nach raibh tú ach le ceann amháin a chaitheamh.'

'Nach bhfuil an ceann seo millte ó chaith tú uait é. Níl maith ar bith ann.'

'Déan deifir. Tosóidh siad dár n-uireasa.' Ba léir go raibh an cailín ar an micreafón ag éirí mífhoighdeach leo.

'Táimse ag dul chuig an gcurach anois.' Thosaigh Angela ag siúl. Choinnigh Séarlas suas léi.

'Caithfidh tú an cloigeann a oibriú orthu,' ar seisean, 'iad a *psycháil*, mar a dhéanann dornálaí roimh bhabhta troda, iad a fhágáil ar cipíní. Sin é an chéad chath atá le buachan i gcónaí, an cogadh síceolaíoch. Léigh mé é sin áit éigin.'

Bhí a lámha san aer ag Séarlas ar nós polaiteora nó Pápa nuair a shroich siad an chéibh. Fuair sé bualadh bos mór ón lucht féachana.

' *Love you*,' a bhéic sé, ag caitheamh póg i ndiaidh póige chucu.

'Is *shithead* ceart thú,' arsa Angela, agus iad ag dul isteach sa gcurach.

'Déan deifir.' Bhí an lucht eagraithe ar buile leis, agus is ar éigean a bhí sé féin agus Angela suite sa gcurach nuair a scaoileadh an t-urchar, rud a thug buntáiste do na foirne eile. D'oibrigh siad

crua ar na maidí, agus níor airigh Angela Séarlas
chomh tréan ariamh ag tarraingt is a bhí sé ag tús an
rása sin. Níorbh fhada go raibh siad taobh leis an
gcurach chun tosaigh, Seáinín agus Jaqui ag breith
suas orthu sin, péire eile buille ar bhuille, chuile
churach sa rás fós.

Bhí Séarlas ag iomramh ar nós gurb é deireadh
an tsaoil é, agus gur isteach sa bhFlaitheas a bhí an
rás, ach bhí dearmad á dhéanamh aige ar an gcúrsa.

'Coinnigh díreach i dtreo an bhaoi,' a scread
Angela. Nuair a dhúisigh Séarlas agus nuair a
bhreathnaigh sé thart air féin, thuig sé go raibh siad
imithe siar ó thuaidh beagáinín rófhada. Tharraing
siad níos tréine ar mhaidí na láimhe deise, ach is
gearr gur thuig siad go raibh an cath caillte acu.

Bhí curach na háite chun tosaigh i gcónaí,
tacaíocht mhór acu ón bpobal, ach bhí Seáinín agus
Jaqui sa dara háit ag teacht chuig an mbaoi, fad
cúpla curach taobh thiar den cheann eile.
Ghnothaigh siad fad curaí ar an gcasadh. Thuig
siad ansin go raibh an-seans go deo acu, ach
coinneáil ag imeacht. Bhí siad ag breith suas ar an
gcéad cheann eile, de réir a chéile.

Bhí an slua ag béiceach in ard a ngutha faoin am
seo, go leor de na daoine óga ag seasamh ar bhalla
an locha. Bhí Seáinín agus Jaqui i dtiúin lena
chéile go maith anois, an dá dhroim ag díriú siar in

227

éindí, ag luí siar ar na maidí le chuile orlach breise a d'fhéadfaidís a bhaint as an tarraingt.

Bhí na curachaí taobh le taobh ar feadh i bhfad, buille ar bhuille. Nuair a cheap Jaqui nach bhféadfadh sí coinneáil ag imeacht níos mó, thug sí faoi deara go raibh siad ag sleamhnú chun tosaigh ar an gcurach eile. Bhí cúpla méadar le spáráil acu ar deireadh, an chraobh bainte.

Bhíodar lán ríméid agus áthais. Is beag nár iompaigh an churach nuair a sheas siad agus phóg siad a chéile. Ba mhó an bualadh bos a fuaireadar as sin ná as an rása féin.

Sa séú háit a tháinig Séarlas agus Angela, Séarlas ag ligean air gur bhris maide orthu: 'Murach sin . . .'

*   *   *   *

'Cén chaoi a bhfuil sé féin, a Jeaic, d'athair?' a d'fhiafraigh Taimín Taim Bheartla d'fhear an ósta, Jeaic Cofaigh, tráthnóna Dé Domhnaigh. 'D'airigh mé go ndeachaigh an ola air aréir.'

'Tá sé feabhsaithe go mór, a Taimín, go raibh maith agat,' arsa Jeaic. 'Caithfidh sé go bhfuil leigheas ag an Athair Beartla é féin.'

'Huth . . .' Ní raibh an sagart maite ag Taimín fós.

'Nach mbíonn bean óg éicint ag tabhairt *massage* do d'athair cúpla uair sa tseachtain?' arsa Tadhg Ó Cearnaigh.

'*Physiotherapist* ón mBord Sláinte.' Is mór an cúnamh é sin, mar gheall ar an gcéad stróic, tá a fhios agat.'

'Ba chuma liom féin cuimilt a fháil uaithi sin,' a deir Tadhg.

'Ach ní bhíonn scoilteacha ar bith ortsa?' Bhreathnaigh Taimín air.

'Nach cuma faoi sin, ach *rub* a fháil uaithi? Dhíreodh sé fear amach ar níos mó ná bealach amháin.'

'Breathnaigh cé atá ag teacht.' Bhí iontas mór ar Thaimín Mairéad a fheiceáil ag teacht isteach an doras lena fear, Máirtín Bheartla Taim.

'*Gin n' tonic*, a Jeaic, agus pionta.' D'ordaigh Máirtín. Bhain Taimín a chaipín de in ómós don bhean.

'Bhíomar ag ceapadh nach dtiocfá ar chor ar bith anocht, a Mháirtín, nuair nach bhfaca muid ó mhaidin thú. Agus tá an mháistreás, bail ó Dhia uirthi, in éineacht leat.'

'Shíl mé,' arsa Mairéad, 'go raibh sé chomh maith dom a fháil amach céard a bhíonn ar siúl agaibh anseo chuile oíche.'

'Ag caint is ag comhrá, ag cur is ag cúiteamh,

ag caitheamh an ama.' Ní raibh Taimín ag iarraidh saol an ósta a dhéanamh rótharraingteach do mhná. 'Céard eile atá le déanamh ar na saolta seo?'

'Ólann muid corrdheoch bheag freisin,' arsa Tadhg, ag caochadh súile ar Mhairéad. 'Céard eile atá le déanamh ag baitsiléirí bochta mar muid? Níl aon chaitheamh aimsire eile ceadaithe dár leithéidí.'

'Tá leigheas ar do ghalar, a Thaidhg.' Bhuail Máirtín a lámh ar a dhroim. 'Pós.'

'Tá an iomarca trioblóide ag baint leis,' ar seisean. 'B'fhearr liom a bheith i mo mháistir orm féin.'

'Níl aon duine ina mháistir air féin,' arsa Taimín, 'ach Dia mór na glóire ina mháistir ar chuile dhuine againn, moladh go deo Leis.'

Labhair Tadhg le Mairéad agus Máirtín: 'Bhfuil a fhios agaibh go bhfuil Taimín anseo faighte thar a bheith cráifeach, ó leigheasadh é.'

'Leigheasadh é?' a deir Mairéad.

'Leigheasadh, a mháistreás.' Bhain Taimín a chaipín dá chloigeann, agus bhreathnaigh sé suas chun na bhFlaitheas. 'Moladh go deo le Dia na glóire. Agus le Bidín Shaile Taim. Níl pian orm, níl scoilteacha orm, ó thug Tadhg anseo an cheirt dom agus braon fola Bhidín uirthi.'

'An bhfuil a fhios agat, a Taimín?' a

d'fhiafraigh Tadhg de, agus é ag gáire, 'céard a bhí ar an gceirt sin?'

'Tá a fhios agam go maith. Fuil.'

'M'fhuilse.'

'D'fhuilse?'

'Fuil mo shróine. B'in é mo naipcín pócasa. An taise a thug mé duit.'

'Ag magadh, ag baint asam atá tú?'

'Nach cuma dhuit ach a bheith leigheasta?'

Rug Taimín ar mhuineál air. 'Tá an diabhal déanta agat orm, a Chearnaigh, a bhastaird.'

Bhí sé ina ruaille buaille sa mbeár, an bheirt ag troid, Máirtín ag iarraidh iad a sracadh óna chéile. Bhí Jeaic ag iarraidh Taimín a choinneáil siar, Máirtín i ngreim ar Thadhg ag an am céanna. Stop siad an troid agus an brú siar is aniar nuair a thug siad faoi deara go raibh bean strainséartha tagtha isteach.

'Ná tabhair aird ar bith ar an mbeirt sin,' arsa Jeaic léi. 'Bíonn siad sin ag pleidhcíocht i gcónaí.'

'Bhreathnaigh an strainséir neirbhíseach. Dúirt sí i mBéarla a raibh canúint Shasanach air go raibh sí ag cuartú Ms. Bridget Macken.'

'Níl Maicíní ar bith fanta thart anseo, ach muintir Shaile Taim.' Bhí stair na háite ar eolas ag Máirtín. 'Níl duine ar bith acu sin ann ach Bidín, ar ndóigh.'

'Nach hin í?' arsa Mairéad. 'Nach í Bidín Bridget Macken?'

'Cuirfidh mé geall gur tuairisceoir ó cheann de nuachtáin bhrocacha Shasana atá inti,' arsa Tadhg. 'Ag fiosrú Naomh Bríd nua s'againne.'

Nuair a bhí muintir na háite ag plé na ceiste i nGaeilge eatarthu féin, bhí Jeaic ag míniú i mBéarla don strainséir go raibh Bidín imithe siar chuig rásaí na gcurach ar an gCeathrú Bhán.

D'fhiafraigh sise de an sórt capall é 'curach.' Níor chuala sí an focal ariamh cheana.

Nuair a luaigh sí gur theastaigh lóistín uaithi, thapaigh Jeaic a dheis lena rá léi go raibh a leithéid ar fáil san ósta. Dúirt sí nár theastaigh seomra os cionn an bheáir uaithi.

'Bíodh do rogha seomra san *extension* nua agat. Fan go bhfaighidh mé mo bhean duit. Tugann Áine aire don chuid sin den ghnó.'

*   *   *   *

'Cén fáth a bhfuil chuile dhuine ag breathnú orm?' a d'fhiafraigh Bidín den Athair Beartla Mac Diarmada. Mar gheall ar na hAifrinn Domhnaigh bhí sé deireanach ag dul siar chuig na rásaí ar an loch sa Cheathrú Bhán. Ba léir go raibh scéal an *stigmata* scaipthe. Bhreathnaigh daoine, agus

232

bheannaigh cuid acu iad féin nuair a chonaic siad í.

'Gabh i leith,' arsa an sagart. 'Gabhfaimid siar chuig an trá agus míneoidh mé chuile shórt duit.' D'inis sé di faoi Phadre Pio, nár chuala sí trácht ariamh air. Dúirt sé gur thosaigh ráfla go raibh stiogmaí uirthi féin mar gheall ar a cuid miotóg. 'Agus is amhlaidh a rinne an dó ar do lámha an scéal níos measa.'

Bhí iontas air nuair a thosaigh Bidín ag gáire: 'Sin é an fáth a bhfuil chuile dhuine ag breathnú orm. Ceapann siad gur naomh mise.'

'Agus is naomh thú, ach ní tú an sórt naoimh a theastaíonn uathu. Míorúiltí agus iontais a theastaíonn uathu.'

'Sin é an fáth a raibh tú ag béiceach ar Thaimín bocht?'

'Ghoill sé sin go mór orm agus goilleann i gcónaí. Ba é sin an rud is deireanaí a theastaigh uaim a dhéanamh le duine ar bith. Bhí mé ag súil go mbeinn cosúil le hÍosa Críost, agus d'iompaigh mé amach i mo dhiabhal.'

'Murach mise, bheifeá ceart go leor,' arsa Bidín. 'Ach nach bhféadfainn lámha a thaispeáint dóibh, mar nach bhfuil poill iontu.'

'Nuair a fheiceann siad na bindealáin . . .'

'Beidh siad níos fearr ar ball.'

'Mura mbeidh *basilica* tógtha ag bean an

dochtúra duit roimhe sin,' arsa an sagart go dubhach. Ach d'ardaigh bua na ndaoine óga sna rásaí ar an gCeathrú a chroí.

'Caithfidh tú a theacht chuig an gcóisir,' arsa Jaqui le Bidín nuair a chuadar ar ais chuig an loch.

'An mbeidh tine chnámh agaibh?' arsa Bidín.

'Ní bheidh an uair seo,' arsa Jaqui agus í ag gáire.

Bhí an teileafón ag clingeadh nuair a shroich siad teach an tsagairt tar éis dóibh na daoine óga a fhágáil ag baile. Dúirt Áine Uí Chofaigh go raibh bean Shasanach ag fanacht leo a bhí ag iarraidh Bidín a fheiceáil.

'Cén saghas mná í féin?' arsa Beartla Mac Diarmada.

'Bean bhreá,' arsa Áine.

Níor cheap an sagart gurb in é an t-am le haghaidh dea-chaint mar sin: 'Meas tú an iriseoir í?'

'Dúirt sí gur banaltra í nuair a bhí mé ag ól cupán tae léi ar ball. Níl aon aithne phearsanta aici ar Bhidín. Ms. Bridget Macken a thug sí uirthi.'

'B'fhéidir gur ó na seirbhísí sóisialta í, nó ón gCumann Altramais. Abair léi go bhfuil Bidín sa mbaile anois.'

'Tá a fhios agat féin na Sasanaigh,' arsa Áine. 'B'fhéidir go mbeadh drogall uirthi teacht chuig

teach an tsagairt. Níl aon neach eile ag fanacht
againn faoi láthair. D'fhéadfadh sí labhairt le Bidín
i seomra na gcuairteoirí.'

*   *   *   *

'Síle!' D'aithin Bidín a hiníon an nóiméad a
chonaic sí í.

Bhreathnaigh Rosaleen uirthi: *'Mother?'*
Chuir Bidín a lámha amach. Rug siad barróg ar a
chéile, Bidín ag glaoch 'Síle' ar a hiníon arís is arís
eile.

D'fhiafraigh Rosaleen di cén fáth a raibh an
t-ainm sin á thabhairt aici uirthi.

'Mar,' arsa Bidín, 'nach raibh aon ainm eile
agam ort i mo chroí istigh ó scaramar fadó . . . a
ghrá . . .'

Nochtadh an scéal go léir mar a bheadh
míreanna mearaí á gcur le chéile. Ní raibh Béarla
Bhidín chomh maith sin, ach d'éirigh léi a chur in
iúl an brú a bhí uirthi nuair a rugadh a hiníon.
Tugadh uaithi í, ar sí. Ní raibh cuimhne ar bith aici
ar cháipéis ar bith a shaighneáil.

'Cuimhne ar bith! Cuimhne ar bith, a lao!'

D'inis Rosaleen di faoina saol féin, faoina
hathair agus máthair, faoin teach i Sráid Malden i
bhFulham. Bhí áthas an domhain ar Bhidín a

chloisteáil gur seanmháthair í.

"Bhfuil mé chomh sean sin?' ar sí.

Dúirt Rosaleen nach raibh a fhios aici cén t-ainm a thabharfadh na gasúir ar a seanmháthair nua, nuair a thiocfadh sí go Londain. Ní raibh dabht ar bith ar Bhidín: 'Mamó.' Rinne siad gáire. Rinne siad gol. Chaith siad cúpla uair an chloig i gcuideachta a chéile.

Ar deireadh chuir Rosaleen ceist faoina hathair. Nuair a chuala sí go raibh sé beo i gcónaí, bhí sí ag iarraidh é a fheiceáil. Dúirt Bidín go raibh an bás air de réir gach chosúlacht ag an bpointe sin, agus go raibh sé thuas staighre sa teach ina raibh siad.

'You mean that the man who wronged you actually lives on these premises? I want to see this man.'

Dúirt Bidín nár inis sí d'aon duine eile ariamh cérbh é an t-athair. Nuair a bhí Rosaleen ag cur a cosa di ag iarraidh é a fheiceáil, mhol a máthair fios a chur ar an sagart, gurb é is mó a thug cúnamh di go dtí sin.

'Probably good for a cover-up job as well,' arsa Rosaleen, ach thograigh sí labhairt leis. Bhain an nuacht geit as Beartla Mac Diarmada, agus ní fhaca sé aon dul as ach an scéal a phlé le Jeaic agus Áine.

'B'fhéidir gur ag cumadh atá sí,' an chéad rud a

dúirt Áine nuair a d'inis an sagart an scéal di ar dtús.

'Tá sé éasca go maith é a chruthú sa lá atá inniu ann, teisteanna DNA agus mar sin de,' a d'fhreagair seisean.

'Caillfidh Jeaic an bloc uilig,' arsa a bhean chéile.

Mar a tharla níor chuir sé oiread sin iontais ar Jeaic. Ó bhí sé ina ghasúr bhí a fhios aige gur tháinig rud éicint idir a athair agus mháthair. Chodail sise i seomra di féin, ag coinneáil na leapa an scór bliain deireanach dá saol. Bhí sé ráite go raibh sí lag, go raibh na nearóga ag cur as di, ach is amhlaidh nár theastaigh uaithi an seomra ná an teach a fhágáil.

Bhí Rosaleen fós ag iarraidh é a fheiceáil.

'Cuirfidh sé den saol é, cinnte,' arsa Jeaic.

'Ní féidir an saol atá caite a chur ina cheart,' arsa Áine, 'ach is féidir cúnamh a chur ar fáil don dream atá anois ann.'

'Fan nóiméad anois,' arsa Jeaic. Níor thaitin leis caint a chloisteáil ar airgead a chaitheamh. Agus é a chaitheamh go fánach mar a bhreathnódh sé féin air.

'Is í do dheirfiúr í ina dhiaidh sin,' arsa a bhean.

'Bidín Shaile Taim?' Bhí Jeaic measctha.

'A hiníon. Rosaleen. Duine ded mhuintir féin í.'

Tar éis plé fhada shocraigh siad go bhféadfadh Rosaleen breathnú isteach ar an seanfhear agus é ina chodladh. Ghabhfaidís ag aturnae lá arna mhárach le costais a shocrú do Bhidín agus dá hiníon as an éagóir a rinneadh orthu i gcaitheamh na blianta.

*   *   *   *

'Cá fhad go mbeidh an mhíorúilt ann, a Bheartla,' a d'fhiafraigh Tadhg Ó Cearnaigh den sagart nuair a chuaigh sé ar ais chuig an mbeár.

'Tharla sí cheana, a Thaidhg. Tháinig iníon Bhidín le í a fheiceáil.'

'An stumpa bhreá a bhí ansin tráthnóna?'

'*Tough luck.* Tá sí pósta, beirt ghasúr aici.'

'Ní fál go haer é!'

Tháinig Nóra Uí Choileáin anall chucu. 'An bhfuil Bidín lena créachtaí a thaispeáint?'

'Nach bhfuil sí á dtaispeáint ar feadh na mblianta, a Nóra. Ní sna lámha atá créachtaí Bhidín, ach ina croí.'